髙橋 利巳

# ある外交官の回想

戦中・戦後の真実

# 激動の昭和に生きて

展転社

# はじめに

二ヶ月毎に送られてくる日本叙勲者協会発行の「叙勲」には、各界でご活躍された叙勲者の方々の人生の記録や思い出が書かれており、それぞれに波瀾万丈、喜怒哀楽、尊いご経験には感銘を受け、自分自身の人生に重ね合わせ感慨深いものがある。私も齢《よわい》八十八歳の米寿を迎え、わが人生を振り返り、いま一度人生を歩む気持ちで、その時々の思いを書き加え、遅蒔《おそま》きながら自分史を書いてみたいと思う。ただ人生の後半は、中南米勤務が長かったので簡単に記述し、前半に重きを置き、自分が見聞きし、体験した戦後の歴史、特に戦中、戦後の混乱期を思いのままに忠実に書いてみたいと思う。

なぜなら、戦後の日本の歴史は、何でも日本が悪く、戦勝国は過ちを犯さなかったという東京裁判史観で書かれており、しかもそれだけでは説明がつかない何かがあるのではないか(江藤淳、関野通夫両氏)と、近年になって探求され、両氏によって占領中GHQ(連合国軍総司令部)が綿密に計画し実行した「戦争についての罪悪感を日本人の心に植えつける計画」、すなわち「ウォー・ギルト・インフォメーション・プログラム」(WGIP)が明らかになった。日本の歴史を書き換え、日本人を狂わせた同計画は、戦後長きに亘り、そして今なお確実にわが国を支配しているように思われる。

また、特に戦中・戦後の歴史において特記したいことは、さきの大戦において、米空軍機が戦時国際法に違反し一般市民を無差別に大量虐殺し、都市という都市、町や村に至るまで破壊し、いわゆる日本人皆殺し作戦により原爆までも使用し、国土の大半を焦土と化したことである。なぜ米軍機が非人道的な無謀な爆撃を徹底して行ったかについては、本文の中で明らかにしたい。

終戦当時、見渡す限り焼け野原となった東京の惨状から、日本は最早《もはや》立ち直れないだろうと言われていた。しかし、世界中の人々が驚くほど目覚ましい復興を成し遂げた。また、長い日本の歴史において、連綿と続いた万世一系の天皇が、どのように維持されるのか、多くの国民が危惧したが、戦犯として処罰されることもなく（もちろん東條首相以下いわゆる「A級戦犯」が身代わりになったとか、新憲法を受け入れなければ天皇を処刑するとか要求された経緯があるが）、国体は護持され、平和国家として独立し得た。

けれども、それはGHQの占領政策であるWGIPの強制により占領中は日本の歴史が否定され、古事記、日本書紀、その他の歴史書の使用禁止、そして学校における歴史教育の禁止、その後、社会科の一部、歴史的分野として歴史教育は認められたが、GHQの作成した歴史書「国のあゆみ」に従って教科書が作られるなど、徹底した検閲と言論統制、神道指令、広範な公職追放、東京裁判、新憲法の制定などの占領政策により、日本ではない日本国、日本人ではない日本人に改造され、国家民族主義から個人主義、自由主義に変わり、そして日本の信用社会は崩壊したと言える。学校では国家や公徳心を否定するような公民教育が行われ、若者による詐欺事件の横行は、ＧＨＱの日本弱体化政策の効果の表れとも思われ、特に国益を軽んずるマスコミの報道振りを見る時、そのことを強く感ずる。

昭和は、わが国の歴史でこれまで経験したことのない、正に激動の歴史であった。有史以来はじめての敗北、その被害のあまりの大きさに、日本人はさきの戦争を語る気力さえ失っていた。しかし、四百年余にわたり東アジアを植民地支配し、アジアの人々に苛酷な労働を課し、搾取していた欧米列強を追い出し、アジアの国々はすべて独立を果たした。また、わが国日本は平和国家として再興できた。感慨無量なものがある。

戦後南米移住が再開され、彼の国へ移住した人は昭和五十七年度までに約十八万人（全世界では約二十四万人）、そのうち政府の渡航費支給は約六万七千人であるが、戦前からの移住者を含め、今や海外日系人は約三百八十万人と言われ、それぞれの移住先国に定着し、広汎な分野において活躍している。日本人移住者の持つ勤勉、誠実、礼節等の資質は、移住先国官民の高い評価を受け、日本及び日本人に対する信頼感の醸成に大きく貢献した。

私が南米各地を回って強く印象に残ったことは、アマゾンの奥地に、広漠としたブラジルの原野に、また、パラグァイやボリヴィアの未開地に、黙々と開拓に勤《いそ》しむ移住者の姿であった。その姿は、ただ単に移住者個人の富や財産の拡充ばかりを求めて、汗水を流しているのではないと思う。人種や国境を越えて、大自然の開拓に挑み、相手国へも立派に貢献しているという信念が、移住者の勤労意欲を強く支えているように思われた。

私は南米移住者の姿を見たとき、かつて不毛の地満洲を開拓し、五族協和の「王道楽土」を建設した満蒙開拓団を思わずにはいられなかった。ソ連軍の無謀な侵攻により悲惨な結末となったが、もし戦火に見舞われず独立を維持していたならば、理想の国家として栄え「東亜永久の光栄を保ちて世界政治の模型と為さむ……」（満洲建国宣言）となって発展していたと思われる。

ブラジル・アマゾン川の源流聖母川及びベニ川の川沿いは二十世紀初頭ゴム景気で栄え、この流域へ渡った日本人は二千人以上と言われ、聖母川を下り、行きつく所はボリヴィア領リベラルタの町であった。当時、リベラルタは人口約四千人、うち日本人七百人余りの町で日本人町と呼ばれていた。世界的に有名なゴム王ニコラス・スワーレスは正直で勤勉な日本人を優遇し、現地人を排除してまで日本人を採用したと言われている。

聖母川のところどころの町にサカタとかトウキョウ、ヨコハマ等の地名が残っているのはその名残である。アマゾンのゴム景気も英国がマレー半島でゴムの木を大量に植林したため、アマゾンのゴム景気は終息し、日本人の移住も途絶えた。遥か遠く、あまりにも遠く祖国を離れ、日本へ帰ることもできず、現地人女性と結婚し、子供をもうけ、彼の地で生涯を終えた同胞の慰霊碑が、ベニ川のほとりに日本の方へ向けひっそりと建っている。百八十二柱の遺骨を納めたその塔の裏に「一九〇八年以来ボリヴィアに移住せし日本人移住先駆者の霊は此処に眠る」と記してあった。

望郷の想いに果てし同胞《はらから》の
墓標たたずむベニの川沿い
高橋郁子

平成三十年九月十五日

高橋利巳

目次

# ある外交官の回想 激動の昭和に生きて——戦中・戦後の真実

## 第三部



## 第四部

## 第五部

# 第一部

# 一、生い立ち

私は昭和四年十一月二十九日、秋田県雄勝郡稲庭町で髙橋利右衛門、ゆきの二男として生まれた。六人兄弟であった。家業は丸金商店と称し、小間物、砂糖、油などを販売する小間物店である。湯沢や横手に通じる街道に沿って酒屋、味噌屋、鍛冶屋、荒物屋などがあり、丸金商店はその中程に位置していた。町そのものは小さな田舎町で、家の前は道路を隔てて小高い山が連なり、家の裏は広い畑で、そのさきは小さな崖になっていた。崖から先は見渡す限り豊かな田園地帯が広がり、中程に皆瀬川の清流が遠くに見え、遥か彼方に一年の大半を雪で覆われた東《ひがし》朝《ちょうかい》海山《さん》系の雄大な山々が眺められた。

父が稲庭で商店を始めたのは私が生まれる少し前であり、祖父の髙橋庄兵衛は角館に近い仙北郡千屋村の豪農であったとか。また遠い親戚には、多額納税者で貴族院議員となった坂本喜一郎（東嶽）がいると言われているが、詳しく聞いたことはない。千屋村の一丈木貯水池に建てられている「東嶽翁の銅像」の前で、父が「この方はお前の祖先だよ」と言ったことを覚えている。また、千屋村の神社のお祭りには父利右衛門の大きな幟が立てられていた。そして村の並木通りの松並木は父たちが植えたと聞いている。

父は武士の商法というのか商売は素人で、その上、町の経済規模も小さく客足もまばらであった。私の遠い記憶の中のお客と言えば、山奥から町に出て来た人に昼食のための囲炉裏《いろり》を貸したり、お盆や歳末に慌しく買い求めるお客の姿位であった。特に冬の間は、来客もまばらで、火鉢にあたり、降りしきる大雪をじっと見ている父の後ろ姿を覚えている。

そのような事情から、私が小学一年生の一学期に、父は叔父に店を譲り、わが家は東京の親戚を頼って上京することになった。

生まれ故郷秋田での思い出はおぼろげであるが、長い冬の間一面の雪景色の中で、手製のスキーで遊んだことや、皆瀬川の清流で小魚をとったことなどであるが、不思議に記憶の中で鮮明なのは「狐の嫁入り」の提灯《ちょうちん》行列である。現実にはあり得ないと思われるが、遥か遠く田圃《たんぼ》のあぜ道を夜目にも美しく、一列に連なった提灯行列を見たことである。その美しさは今でも記憶の中に焼きついている。幻想だったとしても、私以外にもそれを見たと言う人がいるのも不思議である。

また、こんなこともあった。ある夜、叔母の家へ行った帰り道、近所の鍛冶屋の前を通ると、噂《うわさ》に聞いた赤顔の鬼男が上半身裸で、真っ赤に燃える火の側で何かを造っている。こちらを振り向かれないよう恐る恐る通り過ぎ、一目散に家に逃げ帰った怖い思い出がある。

山国秋田には、また多くの言い伝えが残されていた。田沢湖に消えた「百合子姫」の話とか。思い違いで兄を殺した弟がそのお詫びにホトトギスになって「ホチョカケタ」(包丁かけた―使った)、包丁で兄のお腹を切り開いたが、疑ったジャガイモは見つからず、ホトトギスになって泣いているという悲しい話など、いろいろな昔話を母から聞かされた。実際、秋田にはそのような昔話が実感として思い出される風景が多い。

小学校は一年生の一学期までしか秋田にいなかったので、記憶の中で覚えているのは、いつも紫の袴をはいた担任の若い女の先生のことである。授業中に度々その先生の家まで薬を取りに行かされ、他の生徒が勉強中に一人ぶらぶらと歩いていたことを思い出す。また、朝礼で整列しているとき、その先生が私のそばへ来て着物の袖を手に取って、じっと見ていたことを鮮明に思い出す。私は東京の伯母さんから贈られた、当時の秋田では見かけない珍しい生地で作った着物を着ていた。それが先生の目に止まったのかも知れない。

その他おぼろげながら覚えているのは、秋田第七連隊の初年兵なのか在郷軍人会の兵隊さんなのかはわからないが、校庭で匍匐《ほふく》訓練をしているのを友達と見ていたことである。

## 二、東京へ、父の入隊

昭和十一年の夏、父は一人先に上京し、母と私たち子供三人は千屋村の親戚で一ヶ月位過ごし、遅れて上京した。

一ヶ月滞在中の思い出としては、弟が腹部が腫れる病気になり、それを直すために良いとされる涌き水を取りに、毎日のように山奥まで行ったこと、その途中の小川で大きな蛇が首を立ててスイスイと泳いでいたことを思い出す。秋田を発ってどのようにして東京に来たのか、汽車に乗らなければ来られないのに、汽車に乗った記憶が全くない。

東京の伯父は、江東区本所で左官業を営み、また相撲茶屋三河屋の番頭として店の采配《さいはい》を任されていた。一方伯母は、理髪店を営むなど恵まれた生活をしており、上京当時のわが家を経済的に援助してくれていたことは子供心に覚えている。

わが家は、江戸川区西一之江に家を借り、東京での馴れない生活が始まった。しかし生活が苦しく、父は少しでも賃金の高い働き口を探し求め、働いたようである。頑丈な体格の父であったが、肉体労働には不馴れであったため、腕の筋肉が腫れ上がり、母にマッサージさせたり、卵酒を飲んだりしていた。父は正直で頑固一徹なところがあり、子供たちには厳しい父親であったが、家族思いでよく働いた。家の近くに畑を借り、休日ばかりでなく、暇さえあれば畑を耕し、野菜や馬鈴薯《ばれいしょ》をせっせと栽培していた。戦中戦後の食糧難の時代、畑で採れたジャガイモがわが家の家計を助け、また欲しい人に安く分けるなど喜ばれていた。

父は、隣組の組長や防火群長を引き受け、度々実施される防空訓練を良く指導していた。訓練を視察に来たお偉方の前で馬穴《バケツ》の水を頭からかぶる等、なかなかできないことをして高い評価を得ていた。

終戦間もない頃父も召集され、千葉県国府台《こうのだい》の本土防衛隊に配属になった。国府台には多くの兵舎があったが、皆満杯で父たちが入隊したのは、市川市の高級住宅街にある真間小学校の校舎であった。近辺から召集された中年の兵隊がほとんどであるが、大君に召され、決まるものが決まったという安堵の表情が皆一様に表れていた。四百名ばかりの新入隊員が整列し終えたところで、隊長の挨拶があった。隊長は若い中尉で温厚な感じの人であった。その態度は一国一城の主《あるじ》のように見えた。これから本土決戦に向けて陣地構築など厳しい作業が待っているのに、皆和気あいあいとした雰囲気である。見送りに来た人の話では、隊長は結婚して間もない人で、近くに家を借りて住んでいるという。

父は階級が兵長であったこともあり、食料調達班長を命ぜられ、毎日のように公用腕章を着け外出していたようである。ある時数名の兵士を連れ、リヤカーでわが家のジャガイモを調達しに来たことがある。当時はほとんどの家に電話もなく、したがって事前連絡もなく来て、畑のジャガイモを掘り起こし調達していた。母が兵隊さんに蒸《ふか》し芋とお茶を出すと、なごやかにお茶を飲みながら「兵長殿の奥さまは綺麗ですね」などと笑いながら話していた。兵営内の厳しい雰囲気とは裏腹に、外出中の兵隊さんはいたってのどかであった。

## 三、少年時代、教育勅語と八紘一宇

兄利雄は、明治時代に建てられた松江尋常高等小学校に入学し、私は新設された大杉尋常小学校に入学した。それが小学一年の三学期なのか二年生なのかよく覚えていない。勉強より遊ぶことに熱中していた時代である。家の近くには畑や田圃、宅地や小川、そして所々に池があった。子供が遊び回るには絶好の環境である。学校から帰るとすぐ外に出て遊んだ。日曜などは朝早くから日が暮れるまで家に帰らず遊んだ。鬼ごっこ、ばっかん、駆逐水雷、石けり、馬とび、めんこ、ビー玉、ベーゴマ、竹馬、竹とんぼ、魚釣り、とんぼ取りなど。冬には羽根突き、凧揚げなどで、子供は風の子だからと言われ、寒い風の日でも外で遊んだものである。当時はエアコンとか電気ストーブもなく、もちろんテレビもない。家にいるより外で遊んだ方が良かったのかも知れない。支那事変が始まってからは、子供たちの間でも兵隊ごっこが盛んに行われるようになった。ボール紙で肩章を作り、竹棒を鉄砲に見立て、草の生えている所に寝転んで、匍匐前進を真似て遊んだものである。子供たちにとって軍人は憧れの的であり、遊びにも真剣さがこもっていた。

小学校での思い出は、規則正しく厳しい教育で、どの先生も人間として正しい人、善い人であった。生徒は先生を尊敬し、先生の言うことは何でも素直に従った。先生は大体師範学校を卒業した人が多く、国家（文部省）の教育方針に従い使命感に溢れ、少国民を育成するという熱意に燃えていた。現在のようないじめや校内暴力もなく、厳然とした規律や秩序が保たれており、生徒は互いに助け合い、協力し合う良き友達であった。

学校での教育は皇国史観そのものであり、日本の建国の歴史について、わが国は天照大御神の御孫の降臨（天孫降臨）に始まり、その天つ神の子孫である神武天皇が初代天皇に即位し、万世一系の天皇が統治し、今上天皇（昭和天皇）は百二十四代の天皇であらせられる、世界に類のない国である、と教えられた。

戦前の日本は、日清戦争の勝利により台湾を、また日露戦争により樺太の領有および南満洲の権益を得、そして清の属国であった朝鮮を大韓帝国として独立させ、その後列国の賛同を得て条約により韓国を併合（植民地ではない）し、また第一次世界大戦後南洋諸島を領有、さらに五族協和の理想の国家として滿洲国を建国するなど、統治地域が徐々に拡大していった。

それらの地域では共存共栄を願い、わが国の積極的投資により目覚ましい発展を遂げていた。しかし、昭和十二年七月七日盧溝橋《ろこうきょう》事件に端を発し、支那事変が勃発、近衛内閣の不拡大方針にも拘わらず日本人居留民保護のため戦線は拡大し、中国の主要都市を日本軍が占領するにいたった。

そのような情勢のなか学校で教育されたのは、日本国民として誇りをもって、世のため人のため、そして国のために奉仕する人に育てる教育であった。そのため修身教育に重きがおかれ、勤勉で礼儀正しい人間、忠義と孝行を重んじ、公益と博愛に努め、人のために尽くす正しい人間に育成することを主眼として教育された。

そしてこの道徳教育の根拠となったのは、明治二十三年明治天皇により御下賜された「教育に関する勅語」すなわち「教育勅語」である。この勅語は儒学者元田《もとだ》永孚《ながざね》と法制局長官井上毅《こわし》によって起草されたものであるが、万人が認める普遍的道徳規範が書かれており、日本人の古来から行われている道徳を整理し、まとめたものであった。

「……爾《なんじ》臣民父母ニ孝ニ兄弟ニ友ニ夫婦相和シ朋友相信シ恭儉己レヲ持シ博愛衆ニ及ホシ學ヲ修メ業ヲ習ヒ以テ智能ヲ啓發シ德器ヲ成就シ進テ公益ヲ廣メ世務ヲ開キ常ニ國憲ヲ重シ國法ニ遵《したが》ヒ……」

この教育勅語は、祝祭日に校長先生が直立不動の全校生徒の前で恭《うやうや》しく奉読していた。また、すべての小学校高学年生がこの勅語を暗記させられたものである。

敗戦後、左翼文化人、マスコミによる軍国主義化の恐れがあるとのGHQ（連合国軍総司令部）に対する要請でこの教育勅語が廃止され、戦後長い間この勅語のことを語ることはタブーとされていた。しかし、最近森友学園の幼稚園園児がこれを暗誦していたことで、安倍総理はじめ保守系国会議員が色めき立ち、援助の手を差し延べることになり、野党がこれを問題視し、マスコミも一緒になって追及しているが、この教育勅語は、日本人の古来からの道徳規範をまとめたものであり、それを無にするということは日本人の道徳観がなくなり、日本国民の倫理観が大きく変更させられたことになる。

支那事変が拡大し中国全土に広がり、大東亜戦争に突入してから、学校で特に教えられたことは「八紘一宇」、すなわち「世界は一つの家であり全世界を道義的に統一する」という意味であるが、この八紘一宇という言葉は、日本書紀の「橿原奠都の詔《みことのり》」の中に書かれており、神武天皇が橿原の宮で、初代天皇として、即位の礼を執り行った際に発せられた詔書で、日本建国の目的は世界の道義的統一にあり、世界は一つの家の家族であるという意味であった。この言葉は日本建国以来の国是として語られており、人類愛に基づき凡ゆる民族、凡ゆる国家は相扶《たす》け合い、協力し合い、平和的共存を享有せしむることであると教えている。すなわち、欧米列強の四百年にわたる植民地支配からアジアを解放し、民族がそれぞれ独立を果たし、アジアが一つの家となり家族となって扶け合うことが八紘一宇の精神であり、共存共栄のこの精神で大東亜共栄圏を建設するという目的が、大東亜戦争の大義であると教えられた。二千六百年前の日本建国の大義と、大東亜戦争の目的大義が、正に一致しているというわけである。

大東亜戦争は、敗戦後GHQにより太平洋戦争と呼称を変更させられ、また侵略戦争と定義づけられたが、当時、日本人の多くは侵略戦争とは思っていない。開戦当初、日本軍は連戦連勝。昨日は香港、今日はシンガポール、明日はマニラというような勢いで勝ち進む日本軍に歓喜し、大東亜共栄圏の実現を夢見て、聖戦と信じ全国民が一丸となって戦った。

しかし、物量を誇る連合国軍、特にアメリカ軍の徹底的な反撃により、日本は決定的に大敗した。被害のあまりの大きさと敗戦のショックから日本人は戦争のことを語る気力を失っていた。

戦後、日本のマスコミは自国の過《あやま》ちを責めることに終始し、少しでも弁明したら、韓国、中国と一丸となり袋叩きにされた。そのような状況が戦後長い間続いた。

けれども､この戦争の結果､アジアの国々はすべて独立することになった。インド､ビルマ､パキスタン、フィリピン、インドネシア、ベトナム、ラオス、カンボジア、マレーシア、その他太平洋の島国､そして韓国､北朝鮮､さらには中華人民共和国の建国の引き金ともなった。フランスのドゴール大統領は日記に「シンガポールの陥落は、白人植民地の長い歴史の終焉を意味する」と記録し、タイのククリット元首相は「日本のお蔭でアジア諸国はすべて独立した。……今日東南アジア諸国民が米・英と対等に話ができるのは一体誰のお蔭であるのか、それは身を殺して仁をなした、日本というお母さんがあったためである」。また、イギリスの歴史学者アーノルド・トインビーは「第二次大戦において、日本人は日本のためというよりも、アジアの国々のために偉大なる歴史を残したと言わねばならない」。その他多くの著名人や歴史学者が同様の評価をしている（ASEANセンター編『アジアに生きる大東亜戦争』）。

東南アジア諸国の学校教科書には、自国の独立と大東亜戦争との関係につき多くの記述があるが、日本の学校教科書にはそのような記述はなく、単に侵略戦争と位置づけているものが多い。

歴史教科書は真実の歴史を子供たちに正しく教えなければならない。しかし、現在の日本の歴史教科書は、GHQが日本占領中に強制した検閲基準、すなわち欧米諸国や近隣諸国に対する一切の批判禁止、東京裁判批判、大東亜共栄圏の宣伝禁止など計三十項目におよぶ厳重な検閲に制約され、また古事記、日本書紀の使用禁止。さらには「近隣諸国条項」など日本の歴史を正しく教えているものではない。また、執筆者の特定のイデオロギーに基づく偏向した記述がなされ、自国の歴史を卑下し、中韓隷属史観、アイヌ・琉球・沖縄の記述を多く取り入れ、日本に対する憎しみを植えつけ、さらには日本の祖国は韓国と思わせるような奇妙な歴史教科書まである。

このような歴史教科書を改め、正しい歴史教科書をつくるために結成されたのが「新しい歴史教科書をつくる会」であり、正しい歴史、公民教科書をつくり文部科学省の検定に合格し、四年毎の採択に向けて活動している。しかし、採択の権限は地域の教育委員会にあり、その委員の大半は、大体日教組系であり、いくら正しい歴史教科書を作っても、ほんの一部を除き採用されないのが現状である。

なお、現行教科書につき根本的に改めるべきことは、GHQが日本占領中に古事記、日本書紀の使用を禁止したため、まったく伝聞で書かれた「魏志倭人伝」というあやふやな中国の歴史書に基づき、戦後の歴史教科書が作られており、大和王国が邪馬台国。日皇子《ひみこ》または日巫女《ひみこ》が卑弥呼と卑下した書き方になっている。これを記紀に基づき正しい呼称に戻して、はじめて真実の正しい歴史教科書になるのではないか。戦後七十年、勝者によって改竄《かいざん》された歴史を是正すべきである。

ただこれを改訂するには、歴史学会の大御所、東京大学歴史学会が反対することは明らかであり、実現は極めて難しいと思われる。また、採択に当たっては毎回の如く教員組合の強力な組織力が働き、多数の組合員が動員され、さらには韓国、中国、北朝鮮の活動家までが採択会場に押し寄せている現状が変わらない限り、そしてマスコミ特に大新聞の社是が変わらない限り、歴史教科書の改正は困難と思われる。

## 四、支那事変、兄の入隊

昭和十二年七月七日夜、中国北京郊外の盧溝橋《ろこうきょう》で夜間演習していた日本軍に向けて、何者かが発砲する事件が起きた。翌早朝にも再び発砲があった（中国共産党の手先が、日本軍と国民政府軍を戦わせるために仕組んだ発砲と言われている）。事件勃発後、事件拡大を抑える現地協定が結ばれた。しかし、七月二十九日通州において、日本人居留民二百人が支那人保安部隊に虐殺される事件が起き、さらに八月、居留民保護に当たっていた日本人将兵二人が射殺され、また蔣介石軍が、アメリカ提供の戦闘機で日本人居留民を盲爆するなど、日本軍と支那（中国）軍が戦闘状態に入り、各地での衝突がいっきに拡大し、支那事変（日中戦争）が勃発した。

なぜ支那事変と言ったのか、それは昭和天皇の事変の不拡大の御意志があったこと。また事変を早く終結したいとの大本営の思惑。さらには近衛首相の「国民政府（蔣介石）を相手にせず」との声明からもうかがえるように、当時の中国は国家として分裂状態にあり、日本軍から見て宣戦布告するような相手ではなかった。けれども戦線は次第に拡大し、最後には百六十万の日本軍を派遣する状況になった。上海、北京、南京、武漢をはじめ主要都市を含む広大な地域を日本軍が占領し、国民政府軍は重慶へ撤退した。そして日本は南京に汪兆銘の傀儡政府を樹立した。しかし蔣介石政府は降伏しようとしなかった。それは米、英、ソが中国を援助していたからである。

かつて明治二十七年の日清戦争、同三十七年の日露戦争に勝利し、同四十四年韓国を併合するなど、大陸に権益を拡大していた日本は、昭和七年満洲国を建国した。当然ながら抗日、排日運動が各地で起き、それを鎮圧するために軍隊を派遣した。日本の領土となった朝鮮半島、台湾、樺太そして満洲に莫大な資金と技術力を投じ開発し、国益を拡大することが国家国民の発展のために良いとされていた時代である。

支那事変から始まり、連日のように中国戦線へ派遣される兵隊さんの出征祈願の光景が見られるようになった。祝出征の大きな旗を立て、在郷軍人、国防婦人会の人たち、その後に子供たちがぞろぞろと続き、近くの天祖神社まで行進し、神殿の前で出征兵士が出陣の挨拶する習わしであった。隣組の通達もあり、町内会の皆さんが日の丸の旗を手に行進したものである。子供たちは神社で配られる煎餅《せんべい》をもらうのが楽しみであった。

出征兵士を送る行進でよく歌われた歌は、「〽天に代わりて不義を討つ　忠勇無双の我が兵は　歓呼の声に送られて　今ぞいで発つ父母の国……」であり、不義不正の賊を征伐に行くという明るい勇ましい歌である。

また「〽わが大君に召されたる　生命光栄《いのちはえ》ある朝ぼらけ　讃《たた》えて送る一億の　歓呼は高く天を衝《つ》く　いざ征《ゆ》けつわもの　日本男児！」。晴れて陛下に召され戦地に出で立つ兵士を称え励ます歌であった。

この他にも、「父よあなたは強かった」「明日はお立ちか」「暁に祈る」「日の丸行進曲」などが歌われた。いずれも軽快なリズムで無敵日本の血潮を湧き立たせる歌詞である。

当時はまだ連戦連勝で、軍事評論家伊藤正徳の『帝国陸軍』によれば、日本軍の八年の中国遠征で、五十五回の会戦で五十一勝一敗三引き分けという勝率をあげている。八月十五日日本敗戦の日、支那派遣軍将校のあいだで、我々は勝っているのになぜ降参するのかと疑問を呈したという。もちろん、日本は中国に負けたのではなく、アメリカに負けたのである。

そのようななか出征兵士が神社で行う出陣の挨拶にも悲壮感はなく、一人前の男として出征する決意や武勲を果たすことが述べられ、また国に捧げた命、生きて帰れるとは限らないが、その覚悟が元気に語られていた。

「〽あ、あの顔であの声で　手柄頼むと妻や子が　千切れる程に振った旗　遠い雲間にまた浮ぶ……」「〽あ、堂々の輸送船　さらば祖国よ栄えあれ　遥かに拝む宮城の　空に誓ったこの決意……」の歌に送られ、中国大陸や満洲そして昭和十六年十二月八日大東亜戦争（太平洋戦争）が勃発し、マレー半島、仏領印度支那（ベトナム他）、フィリピン、インドネシア、ビルマ、ニューギニア、南太平洋の島々など東南アジアの地域や南方戦線へ出征して行った。

欧米列強の植民地であるアジアを解放し、大東亜共栄圏の確立が目的であったが、戦線があまりにも拡大していた。当時の軍部の指導層は明治維新の大業を成し遂げた薩摩《さつま》、長州が主力で、彼らの気性は激しく、進むことしか知らなかった。いわゆる薩摩閥、長州閥の軍上層部の軍人たちである。私の生まれた東北地方の出身者がもし軍の指導部であったなら、これ程までに戦線を拡大し、悲惨な敗北で終わらなかったと思われる。

昭和二十年一月、当時大東亜省に勤務していた兄利雄は、千葉県の鉄道部隊に召集された。普段はあまり喋らない無口な兄であったが、神社での出征の挨拶は明確ですばらしいものであった。当時十八歳以上の青年男子は、休日や夜間、近くの小学校で行われる青年学校へ通うことが義務づけられていた。軍事訓練ばかりではなく、いつ召集されても対応できるように、出征に際しての準備や心構え、また社会人としての公徳心まで教えていた。

神社での壮行会が終わって、その夜近隣の人や親戚、友人関係がわが家に集まり祝宴が開かれた。当時酒類は自由に買えず、二、三年前から配給の酒や闇で手に入れた酒を、今日の日のために溜めていた。その酒を思い切り振る舞い、出席者は大喜びであった。神主さんまで駆けつけてくれたことで、叔父は神様までも来てくれたので武運長久間違いなしと、大機嫌であった。

その夜、母が兄の耳を優しく掃除しているのを見た。母が自分の膝の上に兄の頭をのせているのを初めて見たが、兄は左耳がよく聞こえないと以前から言っていた。その母の姿は、戦場へ赴くわが子の無事を祈るように願いを込めているように見えた。

兄が入隊した部隊は、間もなく満洲牡丹江に出発し、その後ハルビン、長春の鉄道の補修や警備に当たったが、終戦間近に本土決戦に備え九州入吉に移動していた。そのため終戦後ソ連に抑留されることもなく、九州から列車を乗り継ぎ、また線路を歩いてわが家に帰って来た。手製の大きなリュックを背負い、髭《ひげ》ぼうぼうで真っ黒に日焼けしていた。

父はすでに復員していたが、秋田に疎開している弟と妹を迎えに行き、家にはいなかった。風の便りに兄の部隊は九州へ移動していたことは知っていたが、戦死せずに無事帰って来たので母と私は大喜びで兄を迎えた。

戦後、兄とは戦争のことについてほとんど話したことはない。私たち家族ばかりではなくほとんどの日本人は、さきの大戦につき語らなくなった。というより、語ろうとしなくなった。希望に燃え勝つと思って戦った戦争が大敗し、あまりにも悲惨な敗北で語る気力を失い、また生きることが精一杯でその余裕すらなかったと言える。しかし、そのことより占領軍による数々の改革（民主化の名の下に日本を弱体化に導く政策）や検閲の徹底、そしてその占領政策に従い、またそれに便乗して進歩的な勢力（その中には左翼過激派が含まれる）によって支配されたマスコミが、これまでの日本擁護とはまったく逆な報道振りに転じ、自国を責めることに終始し、そうではないと弁明しても通用しなくなり、皆、口をつぐみ、何も言わない方が得策という風潮が広まった。そしてただ黙々と働くことにのみ楽しさを見い出し、逆にそのことが奇跡的な戦後の復興を成し遂げたと言える。

## 五、東京大空襲

さて昭和二十年八月十五日、わが国は降伏し戦争は終わった。しかし歴史上はじめての降伏であり、今後どうなるのかまったくわからない状況で、人々はただ右往左往していた。そのような混乱の中、近くの新小岩駅へ行ってみると、将兵を満載した列車や貨車が次から次へと通過していた。皆元気な顔で整然としていた。この夥しい数の兵隊さんは米軍の本土上陸に備え、首都東京を守るため、千葉、茨城方面の防衛線に配備されていた精鋭部隊と思われる。都市という都市は米軍機の無差別爆撃や艦砲射撃により破壊され、一面の焼野原となっていたが、陸軍は最後の本土決戦に備え強力な部隊を保持していたことがわかる。

終戦当時、中国から東南アジアそして太平洋の諸島には三百五十万の日本軍が展開し、また日本本土には二百五十万の兵力を保持していた。さらに内地では一般国民の義勇戦闘隊百五十万が編成されていた。

しかし、天皇陛下の御聖断によりポツダム宣言を受諾し、本土決戦することなく戦争は終わった。国民は敗戦イコール民族の絶滅と信じ、一億総特攻になり最後の一人まで戦う決意であった。しかし、陛下は「国のため命を捨てて最後まで戦うという国民の気持はよく理解できる。しかし今は一人でも多く国民の命を救うことである。日本という国が消滅するのではなく、ここに生き抜く道が残されている。ならばやがては復興の光明も見ることができよう。わたし自身はどうなってもいいのである」と御決意を述べられ、最後まで徹底抗戦を強硬に主張していた陸軍のトップ阿南陸軍大臣は「一死以テ大罪ヲ謝シ奉ル」と血書の遺書を残し自決した。終戦は陛下の堅い御意志であることが全軍に布告され、血気にはやる陸軍を押さえ悲惨な本土決戦を回避できたことは賢明であった。もし陛下の御聖断がなく玉音放送がなかったならば、日本民族は史上から消え、現在の日本はなかったと想像する。

千葉、茨城方面から将兵を乗せた多くの列車は、新小岩から荒川を渡って都心方面へ向かった。しかし荒川から先、亀戸、錦糸町、本所、深川、両国、浅草、秋葉原一体は見渡す限り焼野原で、その先も度重なる爆撃で至る所破壊されていた。両国橋から皇居二重橋が見える程であった。

昭和十九年十一月二十四日からはじまた米軍重爆撃機Ｂ29による東京空襲は、当初は爆弾によるもので被害は僅少であった。マリアナ諸島サイパンを発進したＢ29の大編隊は、富士山を目標に来襲し、大月付近で反転、都心へ向かい一万メートルの超高々度から二百五十キロの爆弾を投下した。ノルデン照準機を使用するも、多くの爆弾は放物線を描くように葛西、浦安の海岸に落下した。週に一回位の割合で大編隊による空襲が行われたが、被害はそれ程大きくはなかった。

迎え撃つ日本軍の高射砲や戦闘機は、高度七千メートル位しか届かず、米軍機の大編隊は悠々と飛行していた。時々体当たり攻撃を試みる戦闘機はあったが、一万メートルまで上昇するのには無理があった。

米空軍司令官ミッチェル将軍は、日本に勝利するためには超高々度を飛行し、敵の反撃を受けずに大量の爆弾を搭載でき、しかも長距離を飛行できる超大型爆撃機を開発することが必要と力説し、ルーズベルト大統領が莫大な予算をつけ開発したのがこのB29である。しかし超高々度のため爆弾は目標に命中せず効果は期待できなかった。そこで攻撃を変更したのが低空での焼夷弾攻撃である。昭和二十年三月十日未明、その日は日本が日露戦争に勝利した陸軍記念日であるが、東京下町一帯を火の海と化した。それは、これまでの爆撃方法とは異なり米空軍の周到に計画した爆撃で、無差別皆殺し作戦に変わった。戦時国際法を無視したこの計画を立案実行したのは、ドイツのドレスデン大空襲を指揮し、功名をあげた鬼のルメイ少将で（後に大将に昇進し米空軍参謀総長）、このルメイは広島、長崎に原爆を投下した関係者でもあるが、戦後航空自衛隊を育成したという理由で、昭和三十九年日本政府から勲一等旭日大綬章を受章している。敗戦国日本の情けなさの象徴でもある。

軍事目標を重点的に爆撃指揮していたハンセル少将は、空爆の成果を上げることができず解任され、鬼のルメイが、米空軍第二十一爆撃隊司令官に任命され、日本本土空襲の責任者となった。日本の木造家屋は通常の爆弾では、地面に大きな穴を開けるだけで、爆撃の効果は極めて僅少であった。ルメイの指示でユタ州ダグウェイに爆弾に代わる焼夷弾攻撃の実験を繰り返し、その最も効果のある方法として、油に火を注ぐ方法を考えた。その方法はまず目標地域に低空からガソリンを撒き、次いで地域を取り囲むようにナパーム性油脂焼夷弾で火の壁を作り、その上で通常焼夷弾を雨の如く投下する方法であった。住民の退路を遮断する恐ろしい作戦で、正に国際法に違反した戦争犯罪の極みと言える。一九二三年オランダのハーグで取り決められた「空戦規則」では一般市民への空襲を禁止し、爆撃の対象は戦闘員と軍事目標に限定すべきと規定している。

その日三月十日未明、東京に来襲した米空軍重爆撃機Ｂ29は三百三十四機、投下した焼夷弾二千トン以上（これは第二次大戦中一日の量としては最大の爆弾）、折からの強風に煽られ火焔地獄となり、火は天空を真っ赤に焦がし、見渡す限り一面の火の海は三日三晩燃え続けた。私は荒川の対岸から見ていたが、逃げ場を失い焼死した人のほとんどは一般市民、特に婦女子、老人であり、犠牲者は川や道を埋め尽くし、その数、十万人以上、家を失った者百万人以上（何もかも焼失したので正確な人数、戸数は不明）。遺体埋葬のため在郷軍人会や陸海軍兵士、青年団が動員されたが、一ヶ月経ってもまだ川岸や道端には収容されない遺体が見られた。世界史上最大の火災被害であり、ニューヨークタイムズ紙は、一面で大きく「東京は消えてなくなった」と報じ、また空襲に参加したＢ29のある兵士は、服に沈着した死臭が数日間とれなかったと証言している。

この東京大空襲に成功した米空軍は、三月十日以降山の手、京浜、東京近郊から大阪、名古屋、福岡など地方都市へと絨毯爆撃を繰り返し、八月十五日終戦までの間、六大都市をはじめ四十七都道府県すべての中小都市および町や村まで六百五十以上を無差別爆撃により焼失させ、日本全土はほぼ焦土と化した。また航空母艦艦載機グランマやP51も加わり、その破壊活動は次第にエスカレートし、動く物、歩く人、一般市民の婦女子までも銃撃し、戦時国際法で禁止している非戦闘員を大量に虐殺した。

日本軍の真珠湾攻撃やその他の攻撃は、通常の兵器、爆弾を使用し軍事目標に限定していたが、米軍の攻撃はまさに無差別殺戮《さつりく》であった。日本のマスコミは支那事変（日中戦争）中の重慶爆撃をよく引き合いに出すが、日本軍爆撃機は小型で、爆弾積載量も少なく、しかも機数も少なく、爆撃被害は比較にならない程小さく、米軍機の行為と相殺できるものではない。

米軍機の一般市民に対する大量殺戮は、広島、長崎の原爆投下と共にナチスのユダヤ人大量虐殺に匹敵する犯罪行為であるが、戦後占領軍はその立場を利用し、都市に対する無差別爆撃につきその罪を隠蔽するために、長い間空襲につき報道させず、日本軍の加害行為のみを誇張して報道させた。その影響は現在にいたっている。

なぜ、米空軍が日本の大都市を無差別に爆撃し大量殺戮を行ったかの理由であるが、最近明らかになったことは、当時米空軍は陸軍の下部組織であり、それから独立することが念願であった。それにはまず空軍を強力な組織にするため、多額の予算を確保し、それに見合う成果を上げ実力を誇示しなければならず、航空戦力だけで日本を降伏に追い込み、勝利してみせると公言し、国際法に違反してまでそれを実行したことである（米空軍は戦後二年後に陸軍から独立を果たした）。

また、ルーズベルト大統領は、日本が中国を占領したため、対中貿易で莫大な損害を被り、日本に対し強い反感を抱いていた。そして当時の米国人は黄禍論など日本人に対する人種偏見が強く、日本という国家の存在を許容せず、日本を地球上から抹殺せよという極論まであった。その日本が真珠湾攻撃したことに対する強い憎しみが重なり、一気に日本叩きに変わった。それらが積もり積もって狂暴な無差別爆撃を実行させたと考えられる。

日本占領中ＧＨＱ（連合国軍総司令部）は、爆撃の実態やその惨状につき極めて厳しい検閲を行い、その被害状況を報道させず、また日本のマスコミも、長い間本土空襲の被害の実態や惨状につき報道することはなかった。これはＧＨＱの「ウォー・ギルト・インフォメーション・プログラム」すなわち「戦争についての罪悪感を日本人の心に扶植する計画」の中で、特に空爆に関しては厳重に言論統制が実行されていたためである。

## 六、敗戦・玉音放送

復員兵を乗せた多くの列車や貨車は、爆撃で破壊全焼した東京駅周辺に集結し、部隊は隊列を組み、皇居遥拝後順次解散した。終戦二週間後まだその時点では連合国軍は日本に進駐していなかった。悲壮な思いではあるが秩序よく解散し、ぞれぞれの故郷や家へ向かった。しかし多くの家や職場は空襲で焼かれ、家族の生死はわからず、交通手段もほとんど破壊されていた。国のために一致団結していたが、その国が無条件降伏し戦いに敗れ、これから先わが国はどのようになるのかまったくわからなかった。多くの人は住む家もなく、仕事もなく、食べる物もない。焼け残った駅舎周辺やバラック小屋でゴロ寝していた。今思うとどのようにして一般市民は生きていたのか不思議である。

しかし国民は意外に冷静であった。ポツダム宣言を受諾しての降伏は天皇陛下の御聖断であり、終戦の詔書は次のような趣旨で書かれている。

「世界の大勢と帝国の現状とに鑑《かんが》み、米英中ソにポツダム宣言受諾を通告した。交戦を継続すれば、わが民族の滅亡を招来するのみならず、人類の文明をも破却する。時運の趨《おもむ》く所、堪え難きを堪え、忍び難きを忍び、以て万世のために太平を開かむと欲す」。

一部軍人による徹底抗戦の動きはあったが、国民は陛下の御意志に従い、堪え難きを堪え、忍び難きを忍び粛々と終戦を迎えた。皇居前広場では、ある者は号泣し、ある者は正座し「忠

**終戦の玉音放送を聞き、皇居前広場でひざまずいて泣く国民**

誠足らざるを詫び」頭《こうべ》を垂れた。また、ある軍人は自決し玉砂利を鮮血で染めた。

当時、絶対的な軍部を制することは陛下以外には不可能であり、涙ながらに戦争継続を願い出た阿南陸相に対し、陛下は「阿南よ、もうよい、私には(国体護持の)確証がある。これ以上戦争を続けることは無理だと考える」と述べ、ポツダム宣言受諾を命じ、八月十五日正午、本土決戦を予期していた全陸海軍、全国民に玉音放送は流された。もし陛下の御聖断が下されなければ、悲惨な戦争が継続され、日本民族は滅亡していたと思われる。

支那事変から大東亜戦争まで、軍人・軍属の戦死者約二百三十万人、空襲や原爆など民間の犠牲者約八十万人、合計三百十万人とされている。そして、中国、満洲、樺太、韓国、北朝鮮、台湾、東南アジアの諸国、南洋諸島の各地には日本軍の将兵、軍属計三百五十万人、一般民間人計三百十万人、合計六百六十万人の日本人が残っていた。それらの引き揚げは世界史にも例のない民族大移動であるが、多くの船舶は撃沈されており、残った少数の船もその運航は自由にできない。またソ連に連行抑留された約六十万人の軍人、民間人の帰国についてはまったく目処が立たない状況であった。ポツダム宣言を受諾し降伏が決まり、阿南陸軍大臣は幕僚たちを集め「聖断は下ったのである。不服なものは、まず俺を斬れ!」。そして、陸軍は一糸乱れず団結して事に当たらなければならない、一人の無統制は国を滅ぼす原因となる、と訓示し(村上兵衛著『国破レテ』)、八月十五日未明、「神州不滅ヲ確信シツ、」と遺書に付記し割腹自決した。その他東部軍司令官田中大将、本庄繁侍従武官長はじめ六百人以上の将官、将校が自決した。また反乱軍を抑えようとして近衛師団長森中将は暗殺され、近衛文麿元首相は戦犯に指名された後自決した。そして神風特攻隊を創設した大西海軍中将も自決し果てた。

八月十五日が過ぎ、間もない頃、わが家の上空を毎日のように日本軍の航空機が、海の方へ向かい静かに飛行していた。人の噂では徹底抗戦派の飛行将校が、もはや戦いの望みはなくなったとして、皇居上空を一周し自爆飛行しているのだと噂していた。

このようにして三年八ヶ月におよぶ大東亜戦争は、本土決戦をすることもなく終わった。徹底抗戦を決意していた強力な軍部を排除する天皇陛下の終戦の御聖断が下されなかったならば、サイパンや沖縄以上の悲惨な戦闘が日本全土において繰り広げられ、日本国民は玉砕し果てていたことは明らかである。

## 七、進駐軍

昭和十六年十二月八日米英に宣戦布告した日本は、その月に香港、マレー半島に進行し、翌十七年一月フィリピン・マニラ占領、二月にはシンガポール占領、三月にはビルマ・ラングーン占領、八月にはガダルカナル上陸など正に破竹の勢いで日本軍は進撃した。しかし翌十八年二月ガダルカナルを撤退するに至り戦況は防戦に転じ、徐々に追い詰められる情勢に変わった。

そのような状況の中、私は昭和十八年三月国民学校高等科を卒業し、家の近くの関東商業学校（現関東第一高校）に入学した。戦争が激しくなり、あらゆるものが戦時体制に変えられる中、同校は工業学校も併設し、校名も関東第一商工学校となり、私は電気科に学んだ。学んだと言っても教室で勉強したのは半年ばかりで、勤労動員で近くのアルミ工場で働くことが多かった。当時の若者がそうであったように私も電気や機械に興味があり、鉱石ラジオや真空管ラジオを組み立てたりしていた。そのようなことで工場で機械に触れるのは実習と思い楽しかった。

その工場は、海軍の艦艇用部品を作る小さな工場で、学校から六人程派遣された。最初はアルミの鋳物《いもの》の鑢《やすり》がけであったが、ボール盤、カッター、小型旋盤などを徐々に使えるようになった。同工場で働いている工員は皆若かったが、明るく技術的知識も豊富で、頼もしく何よりも皆親切で優しい人たちであった。毎週一回作業終了後、社長の家族が総出で料理した食事をご馳走になり、食糧難の時代何よりも嬉しかった。そして食後皆んなで歌を唄った楽しい思い出がある。

その頃週に一回位の割合で大きな空襲があり、防空壕に避難したが、B29は高々度の上空を通過することが多く、至近弾に見舞われたのは三回位であった。大量の爆弾が投下すると上空の気流が波のように動き、しばらくして四方八方の地面が轟音と共に揺れ動いた。直撃弾が迫ってる感じで思わず身を屈《かが》めたが、爆弾は少し離れた所に三発落下した。

アルミ工場で動員として働いたのは約一年位で、同工場は本土決戦に備えて、新原町田へ移転することになり、私たちは学校へ戻り、少しの間待機することになった。そして次に動員されたのが製菓工場で、軍需用の乾パン、ビスケットを作る工場であった。一般には物のない時代なのに、この工場には小麦粉や一斗缶に入った水飴が作業場に並べられていた。製菓工場へは五名派遣されたが、同工場は若い女性が大勢働いており、明るい雰囲気であった。当時は男女共学ではないので、男と女は別々のグループで塊《かたま》るが、三時の休憩時間には嬉しそうに話しかけ、はしゃいだりして楽しく過ごした。工場の周囲は蓮畑になっており、夏場の暑い時期、二階の休憩室には涼しい風が吹き込み、さわやかな涼気で気持ち良い。寝ころびながら隣の部屋から聞こえてくる若い女性の歌声にうっとりしたものである。当時よく唄われた歌は「風は海から」「南の花嫁さん」「勘太郎月夜唄」などであった。

工場近くに千葉街道があり、都心から小松川大橋を渡り、千葉市川方面へ向かう立派な軍用道路である。二階の休憩室から見ていると、軍用トラックやオートバイ、それに赤い小旗を立てた黒い乗用車が忙しく走っている。赤い旗は佐官級の将校が乗車していることを示し、当時乗用車を利用できるのは軍人位であったと思われる。この頃軍の将兵は本土決戦に備え忙しくしているのに、この製菓工場の雰囲気は平和そのものであった。三ヶ月間の動員であったが楽しい思い出となった。

昭和二十年八月十五日その日はよく晴れた暑い日であった。天皇陛下の玉音放送を聞き日本が降伏したことを知った。この国はこれから先どうなるのかわからない。噂では男は皆、殺されるという流言まで広がった。事実前線における米兵の残虐行為は目に余るものがあった。異教徒に対するように日本人を動物以下に扱い、力尽きて捕らえられた日本兵に対する殺戮は、文字に表せない程残虐であったとリンドバーグは書いている。米軍が進駐してきて彼らがどのように振る舞うのかまったく予測できなかった。

しかし、一般市民は以外に皆落ち着いていた。八月十五日の正午を期し艦載機グラマンの執拗な空襲もなくなり、少しはほっとして、これからは学校で勉強できるようになると思った。けれどもそのようにはならなかった。占領軍が進駐してくるので道路を整備するようにとの上からの指示で、私たちは葛飾区青戸、立石、金町方面の道路補修に動員された。非人道的な無差別爆撃で残虐行為を繰り返したアメリカ兵を迎えるのに、道路整備する必要はないと思うのだが、迎える者の礼儀として、何事もきちんとしなければ収まらない日本人の律儀さだろうか。こんなこともあった、進駐軍の宿舎として校舎を使用することに決定され、机や椅子その他を少し離れた工場倉庫まで全校生徒で担いで運んだ。しかし翌日になって使用取り消しの通達で、再び運び、へとへとになった思い出がある。

道路整備といっても当時は資材もなく、穴ぼこだらけの道に小石と土で応急補修する程度であった。約三ヶ月位動員された。毎日コッペパンを半分ずつ支給してくれたが、戦争が終わってもこのように動員は続いていた。

級友は、皆明るく気心の知れた友達であり、教室で授業を受けるより楽しいと思った。ただ学力が遅れたことは確かである。もっとも明日はどうなるかわからない戦後の混乱期、落ちついて勉強できなかったことも確かである。第一、本屋も出版社もほとんど焼けて、教科書や教材を売っている店はない。その上進駐軍の指令で歴史、道徳教科書は廃止、国語教科書も多くの行を墨で黒く塗らされ、また教師自身もいつ公職追放されるかわからず、世の中がひっくり返ったような時代である。

この頃、新小岩駅周辺には闇市が立ち並び、ごった返していた。また駅から少し離れた所に進駐軍特殊慰安所が急遽つくられた。その頃は売春宿がまだ合法であった時代である。その場所は確かそのような施設はなかった所である。その慰安所は、学校へ通じる道筋に木造家屋で数軒建てられていた。ある日私たちグループが作業を終えその近くを通ると、カービン銃を持った黒人兵が、私たちに銃口を向け身構えた。近づいたら撃たれるかも知れないのでその場を離れたが、進駐して間もない占領軍兵士はまだ気が立っていた。ジープに乗り銃を構えている米兵は怖くはなかったが、駅のホームでカミソリを振り回す米兵の異常な目つきを見た時は怖いと思った。噂では米兵よりオーストラリア兵やカナダ兵、イギリス兵の方が手荒く、傷害事件を起こしていると言われていた。占領当初のいわば無法状態の中、発表されないが進駐軍兵士による多くの事件があったことは確かである。

占領軍が進駐し数ヶ月過ぎると、お互いに様子がわかり徐々に平和な雰囲気に変わっていった。建物のほとんどが焼けていた銀座、有楽町、また皇居前広場には進駐軍兵士が溢れ、そして彼らの相手をする若い女性が大勢うろうろしていた。彼女らは好きでしているわけではないが、皇居前広場が逢い引きの場所となり、夕暮れ時の広場で淫乱な情景を繰り広げていた。大和撫子の清純なイメージから離れ、敗戦国民の精神的頽廃と、生き延びるための生命力がそうしているのかもしれない。一方、進駐軍兵士は、日本軍のような軍律の厳しさはなく、至って陽気で戦争に勝利した喜びに浮き浮きしていた。

この頃流行した歌に〽泣けて涙もかれはてた　こんな女に誰がした……。菊池章子の「星の流れに」がある。また、占領下の虚脱状態を忘れ、少しでも明るく生きようとして日本中で唄われたのが並木路子の「リンゴの唄」であった。進駐軍は当初焼け跡にカマボコ型兵舎を建てていたが、その後代々木の練兵場跡、今の代々木公園、NHK、国立競技場あたりに「ワシントンハイツ」と呼称した米軍将校用の真新しい住居群を建設した。また新宿区戸山や練馬区成増その他にも立派な住宅群を建設したが、いずれもその豊かな暮らしぶりは敗戦国民の憧れの的でもあった。電気工事の見学実習で成増の建築現場へ行った時、他では見られない建築資材が豊富に集積されていたのに驚いた。また、当時進駐軍の家庭で働くメイドさんは憧れの職業であり、優秀な女性が選抜されて就職していた。霞ヶ関の財務省ビルは戦火で焼けていたが、占領軍が婦人将校用宿舎に改修し使用していた。軍服を着た若い婦人将校が颯爽と出入りし、その顔には優越感が充ち溢れていた。東京駅前の丸の内のすべての建物や芝浦の海岸一帯は占領軍が占拠し、それらの建物の出入り口横にはドラム缶のような大きなゴミ箱があった。当時の日本人には食べられない真白いパンの耳が大量に捨てられており、衣服の汚れた戦災孤児や、大人たちまでそのパン屑を争って食べている光景を今でも思い出す。

敗戦国日本のこの惨状の記憶がある私は、戦争が終わって三十年後、ロス・アンジェルスに出張した時、目にした光景は感慨深いものがある。当時日本は焼け跡から奇跡的に復興し、高度成長を成し遂げ、経済大国として金余りの時代である。日本企業は米国主要都市の大きなビルを買い漁り、旅行者はティファニーで高級品を買い、各地のゴルフ場には日本人が溢れていた時代である。ロス市のリトル・トウキョウの一角に建ち並ぶ日本人用の真新しいマンション群。日本人だけが利用するという巨大なスーパーマーケット。そこに住む日本人の活き活きとした優雅な表情。そのような日本人の豊かな生活をじっと見つめているホームレス姿のアメリカ人たちがいた。この男たちは想像するに日本に占領軍として進駐し、意気揚々と振る舞っていた当時の自分たちの立場を想い、感慨深くじっと見つめているように思われた。時代は遙かに予想もしないように変わるものである。

## 八、占領時代、公職追放と教育改革

昭和二十三年三月関東第一商工学校（現関東第一高校）電気科を卒業した私は、明治大学専門部産業経済科に入学し、翌年新制大学制度に変わり法学部に進んだ。御茶ノ水駅近辺の商店界も大分復興し、神保町界隈の本屋街も少しずつ建ち始めていた。しかし、まだところどころ焼け跡の空地が残っており、明大の本館教室内の壁にも空襲で焼けた跡が見られた。

大学の入学手続きのための資金や制服を買うため、父は秋田の親戚まで行き、リュック一杯の米を背負って来た。それを売った金ですべて賄えた時代である。明大では学級委員や授業料対策委員、また全学連委員（当時はまだ概して穏健な団体であった）に選ばれた。他学部の委員に青年共産同盟に入会し、いずれは日本が社会主義国家になり、重要な地位につけるという誇りを持った学生もいた。日本全体がそのような左翼的雰囲気であった。ある時銀座通りで実施される労働組合団体のデモを見に行ったが、銀座通り一杯に組合員と赤旗で埋まった光景は、さながら日本は社会主義国家になったような様相を呈していた。いつもは占領軍兵士や女たちで賑やかな銀座通りも、その日は米兵の姿が見られない。衝突を避けるため恐らく進駐軍は外出禁止令を出し、兵舎で待機させていると思われた。GHQは占領政策として日本の民主化を進めるために、労働組合の育成に力を入れていた。それがまた巨大になり反米になることにも警戒していた。

大学での授業は休講が多く、図書館で過ごす日が多かった。経済学は本を読み自分で勉強しようと思えばできる学問であると勝手に思い込み、翌昭和二十四年GHQの一連の教育改革のもと新制大学制度に変更された契機に、法学部に進学した。しかし、大学四年のうち前期二年は教養学部であり、何となく気楽な気分で、授業を受けるより図書館で過ごす日が多かった。

その頃GHQは、戦時中の日本の指導者層を公職から追放する措置を順次発令し、追放は政官界、経済界、言論、教育界のみならず地方の市町村や小学校教員にもおよび、その数二十一万人の多数に達した。その中でも重要な人たちは刑務所に収容され、一方戦時中政治犯として獄中にいた徳田球一、志賀義雄その他共産党のリーダーたちがGHQにより解放された。また、中国にいた野坂参三などの共産主義者が日本に帰国し盛大に歓迎された。当時日本共産党は占領軍を解放軍と認識し、アメリカの占領政策に同調し、政治目的達成のため利用していたと思われる。

ＧＨＱによる公職追放――正しくは「好ましからざる人物の公職からの除去および排除」であるが、昭和二十年十月特高警察関係者六千人の全員罷免から始まり、本格化したのは昭和二十一年一月からで、軍国教育を行った教職員、職業軍人、国家社会主義団体員、金融および開発関係、占領地の行政職員、政官界の役職者、有力企業や言論・出版界の重職、そして市町村長まで軒並み追放の対象となった。また、特に注目すべきは大学教授など高等教育関係者の大量追放である。大学教授は短期間で補充できるものではなく、ＧＨＱはその補充として左翼系の学者や韓国、朝鮮人を採用するよう指令した。現在も多くの大学に韓国朝鮮系の教授がいるのはそのためである。またＧＨＱは、公職追放該当者の摘発に当たっては左翼系団体からの告発を活用した。そのため二十一万人追放という膨大な公職追放となり、要職の入れ代わりに大きな混乱を生じた。追放されると地位を追われるだけでなく、将来も公職に就けず、退職金や年金、さまざまな手当も受け取れない、追放された人の中には就職もままならず生活に困った人が多い。

焼け跡の廃墟から日本企業も少しずつ復興したが、またこの頃労働組合によるストライキも到るところで頻発した。さらに昭和二十二年二月、共産党は全国規模のゼネストを計画し、吉田内閣の退陣を迫った。この時共産党の目指したのはソ連の支持を得た人民政府の樹立であり、革命であった。これまで労働組合運動を支援していたGHQは危機感を抱き、最高権力を発動し、命令によりゼネストを中止させた。もしこの時ゼネストが決行され、日本全国の官公労を含む全労働組合が一斉にストライキを実施していたならば、日本は社会主義国になっていたか、あるいは全国的な混乱で占領軍と対立し、戦後の歴史が変わっていたと想像する。そしてこの頃を期してGHQの公職追放の旋風は大きく変わり、日本共産党幹部を指名して追放するいわゆる「レッド・パージ」となって表れるのである。また共産党は占領軍を革命のための解放軍と見做していたが、この頃から反米闘争に変わっていった。

昭和二十年天候不順で米は凶作、旧植民地からの輸入も断たれ、外地からの大量引き揚げ、荒れ果てた農地そして大量の失業者など、GHQは「日本人は一千万人が餓死するであろう」と予測した。しかし、日本人を救ったのは戦時中戦闘機用燃料に混用するため全国に栽培された「さつまいも」であった。さつまいもにより日本人は生き残ったと言っても良い。当時休日には、東京から食糧買い出しに百万人の人が千葉、茨城方面に出掛けていたと言われている。そして第二はアメリカからのララ物資の援助である。これは有償でありその代金は後日完済されている。

多くの国民は空襲で家を焼かれ、住む家もなく、着る衣服も汚れ、働く職場もない、第一お金もない（預金は封鎖され、新円の引き出しは毎月一世帯当たり五百円に制限されていた）。隣組の制度はGHQにより解体させられ、配給組織が失われた中、ララ物資やさつまいもがどのように配給されたのか不思議である。廃止されたとはいえ隣組の精神が生かされ、助け合い協力の心があったからこそ、混乱もなく平穏に配給が行われたものと想像する。もっとも配給だけでは到底足りず、駅周辺にできた闇市で買ったり、買い出しに出掛けたり、あるいは隣近所で物々交換するなどして食べ物や生活用品を賄っていた。

ＧＨＱは占領政策の中で特に軍国主義・国家主義の根源を絶つ目的で、教育に関する各種指令を都道府県を通じ通達した。まず学校教科書の国語、歴史、地理、音楽、図画ばかりでなく「君が代」の歌詞まで墨で黒く塗るよう指示し、それでも不充分ということで昭和二十年十二月修身、歴史、地理の授業を停止するよう指令した。また米国の教育使節団が来訪し、教育の民主化のための報告書がＧＨＱに提出され、六・三・三・四制の確立、男女共学、教育委員会制度など新しい学制が施行されることになった。一方、教職員関係の追放は、昭和二十二年四月までに五千人が追放されたが、それ以前に約十一万人が教育界を去ったと記録されている（中央公論社著『昭和時代　敗戦・占領・独立』）。

六・三・三・四制の制度は、昭和二十二年から順次スタートし、新制大学制度は昭和二十四年からスタートした。従来の大学予科や専門部の制度が廃止され、新制大学四年の前半二年が教養学部となった。大学では休講も多く、私は図書館で過ごす日が多かった。静かな図書室で本を借り、空いている席を探し、静かに座ると何か満たされた気になり幸福を感じた。これが大学の雰囲気というものであろうか。

静かに机に座るといろいろなことが頭に浮かんだ。東京裁判では人道に対する罪とか、平和に対する罪など根拠もなく新たな罪状を作り日本を裁いているが、日本の何十倍、何百倍と大量殺戮を行い、一般市民を無差別に虐殺した米軍は何一つ裁かれていない。戦いに敗《やぶ》れた者だけが断罪される。そして日本のマスコミは戦勝国の手先となって自分の国を告発している。何とも遣り切れないものがあった。

# 第二部

## 九、日本建国の歴史

ＧＨＱは、日本の教育の民主化という目的で教育改革を実行したが、それはあくまで表向きであり真の目的につき少し書いてみたい。まず昭和二十年十二月歴史教育の授業を禁止し、さらに古事記、日本書紀の使用を禁止、その上でＧＨＱは、昭和二十一年九月日本史教科書「くにのあゆみ」上・下巻を作成し、それに基づく教育を指示した。その教科書の内容は、日本解体思想、中韓隷属史観、天皇否定、アイヌ・琉球・沖縄の記述を異様な程多く取り入れ、日本に対する憎しみや破壊感情そして侵略国家であるイメージを子供たちに植えつけることを目的としている。また中国、韓国、朝鮮を日本の上位に位置づけ、マルクス主義的な歴史観、階級闘争史観、日本悪玉論で書かれている。すなわち子供たちが自分の国に誇りを持てず、将来再び日本が強国になり米国の脅威にならないように教育しようとしていることがわかる。また、わが国の歴史が根本的に変えさせられたのは、ＧＨＱが古事記や日本書紀の使用を禁止したため、全く伝聞で書かれた「魏志倭人伝」というあやふやな中国の歴史書に基づかざるを得ず、大和王国が邪馬台国となり、日皇子《ひみこ》または日巫女《ひみこ》が卑弥呼と卑《いや》しい国に変えさせられたことである。さらに聖徳太子以前の歴史が学校教科書から削除され、わが国の歴史の半分が否認されたことであった。

この歴史教科書の改正については「新しい歴史教科書をつくる会」その他が活動し、新しい歴史および公民教科書をつくり、文部科学省の検定に合格している。けれども採択に当たっては、日教組、マスコミ、労組、韓国の組織的妨害により、また、全国採択区の教育委員の過半数が日教組系で占められており、現状では新しい歴史教科書の採択は極めて僅少に滞まっているのが実情である。

戦争に負け、日本の歴史がGHQにより二千六百年余から一千三百年余に半分に否認され、聖徳太子以前の歴史は学校教科書から削除された。このことにつき、森清人氏の『建国の正史』を引用し記述してみたい。

日本書紀によれば第一代神武天皇が奈良橿原の宮において即位されてから、今年で二千六百七十八年になる。私達の年代で記憶にあるのは、昭和十五年に紀元二千六百年の祝典が全国的に盛大に挙行された思い出である。

しかし、敗戦後わが国の歴史を全面否定する紀年否定説が、マスコミや進歩的文化人によって派手に叫ばれ、紀元二千六百年は嘘で六百六十年は故意の延長がある。神武天皇は実在しない人物であり、聖徳太子以前の人物は全くの伝説であるという、日本の歴史否認の時流が忽ち広がった。これは歴史学者の主張というよりGHQの後ろ盾を得た羽仁五郎（社会党国会議員）をはじめとする左翼系政治家の学説であった。そうしてマスコミがこれをほぼ全面的に支持するように広めた。

日本の建国紀元が記録されているのは、日本書紀の巻三であるが、日本書紀は、古事記と共に七世紀後半に第四十代天武天皇の命によって「帝記」「旧辞《くじ》」を参考に、六人の皇族（草壁、大津、川島皇子など）と多くの学者が三十九年を費やして編纂《へんさん》した公式な正史であり、全三十巻と系図一巻からなる。古事記は、稗田阿礼《ひえだのあれ》と太安万侶《おおのやすまろ》が皇族や貴族の読み物として四ヶ月で完成した全三巻であるが、本文は非常に難解で、江戸時代本居宣長が読み解くのに三十五年費やしたと言われている。

日本書紀巻三に「辛酉《シンユウ（かのととり）》の年春元旦庚辰の朔《かのえたつついたち》、天皇橿原の宮において帝位につきたまふ、この年を天皇の元年となす。」と記され、この記述にもとづき最初に紀年問題を公にした人は、第六十代醍醐天皇の時三善清行《みよしきよつら》である。その後新井白石、本居宣長が神武帝即位につき記述し、明治時代に入って那珂通世《なかみちよ》博士が、日本上古年代考において日本紀年論を発表し、朝野の学者九十余名が一大紀年論争を展開した。論争の結果那珂説が多数の支持を得て、学会の定説となり定着した。（森清人著『建国の正史』）

しからば那珂説は神武元年をどのように定めたかというと、第三十三代推古天皇九年辛酉《かのととり》の年から一蔀《ぼう》二十一元（一元は六十年）前の初めの辛酉の年、すなわちその年から一千二百六十年前、辛酉の年の元旦を紀年元年と定め、元旦を太陰暦から太陽暦に換算し二月十一日と定めた。この説によると、神武天皇即位は西暦紀元前六六〇年となる。第三十三代推古朝九年を起点としたのは、日本書紀には年代が記述されておらず、推古天皇九年（辛酉六〇一年）は聖徳太子が暦日、冠位、憲法を制定した古代史上画期的な時期であることから推定されている。

敗戦後、占領軍により日本の歴史が否定され、また戦後の日本の歴史学界もそれに基づき紀年否定説を称え、神武天皇は神話の人であり、それに続く八代の天皇には事績が記されておらず実在しない天皇とされ、また神武天皇は百二十七歳、開化天皇百十五歳、崇神天皇は百二十歳と著しく長命であることから架空のものであるとの学説を広めることになった。

しかし、日本書紀巻一によれば「いにしへは同じ名を、幾代もつがせたまへりと見ゆ。……瓊瓊杵尊《ににぎのみこと》より後は同じ御一名にて、幾世続きませしやらんも知るべからず。……上も下も、父祖の名を襲ひ用うる事、上世より吾が邦《くに》の国風にして……」と書かれている。すなわち父祖の天皇の名を襲名し、二代目、三代目神武天皇が存在していたとも思料される。

歴史学者森清人氏の説によれば、日本書紀、古事記においてもっとも力説したいのは、皇室の系譜および皇位継承の記録であり、天皇の年齢ではなく不明空位の推定年数、あるいは比隣天皇の御宇年数の中に算入されている可能性がある、と。すなわち不明空位の天皇や、遺忘脱落の天皇の推定年数が加算されているのではないかと記している。また記録漏れか、故あって記録されなかったり、あるいは不称天皇すなわち皇太子が皇位を継承しながら、ある期間天皇と称されなかったり、また皇后が皇位を継承しながら天皇と称されなかったり、不明空位の年数や、遺忘脱落など日本書紀の記事には矛盾や相違があるが、長い年月の記録では当然のことであり、むしろそれこそ書紀の書紀たる所以であるとも記している。

全国各地には第一代神武天皇から第百二十四代昭和天皇まで連綿と続いた歴代天皇の陵墓、古墳が現に実在しており、そのことを認識し、世界に比類のないわが国の悠久の歴史を想い、それを堅持し、将来にわたり永遠に語り継ぐべきであると考える。

## 十、引揚調査と慰安婦問題

明治大学専門部のときは御茶ノ水の本校舎であったが、新制大学一―二年は杉並区和泉の予科の校舎であった。校舎に囲まれて広い運動場はあったが、当時は図書館がなく、ただぶらぶらと時間を無駄に過ごした。学生食堂もなく、京王線明大前駅周辺にも飲食店がなかった時代、昼食はどうしていたのか思い出せない。一度だけ近くの玉川上水の土手で学友と弁当を食べていた思い出はある。その頃父親が職場で怪我をし、入院していたため経済的にも苦しかった。軍隊から復員していた兄が外務省に復職し、家族八人の生活を支えていた。次男である私も何かアルバイトをしたいと思い探したが、なかなか見つからない。一般の人でも就職難の時代である。その頃外務省引揚調査室で、非常勤の職員を募集していることを兄から知らされ応募することにした。応募者の大半は外務省に知り合いがいる人で、満洲からの引揚者が多かった。当時外務省の本庁舎は空襲で焼失していたため、虎の門の日産館ビルが仮庁舎であった。引揚調査室は、七階の食堂に机や椅子、書類戸棚を集め、急こしらえの部屋で、私たちは引揚工場と呼んでいた。職員は全部で五十名位だっただろうか。うち三十名位は若い女性職員で、過半数の人は満洲からの引揚者で、特に大連に住んでいた人が多く、比較的恵まれた生活をしていた人たちであった。

**舞鶴港沖に停泊中の引き揚げ船「興安丸」**

調査室の主な仕事は、中国に残留している日本人の調査で、中国班、ソ連班、樺太班そして南方班に分かれていた。当時まだ中国とは国交はなく、交通、通信は遮断され、わが国は敵視されていた時代である。調査といっても引揚者からの聴き取り調査が主であるが、引揚者の多くは、広大な満洲で離ればなれになり、命からがらやっとの思いで帰国できた人たちがほとんどであり、現地に残留している人につき知っている人は少なかった。

その頃、すなわち昭和二十四年の夏、国有鉄道に絡む怪事件（下山、三鷹、松川事件）が相次いで起きた。当時、国鉄職員六十万人のうち九万五千人の解雇を巡って労使が対立、共産党主導の国労とその拡大を警戒していたG

HQとの不穏な対立の時代であった。昭和二十四年七月六日、下山国鉄総裁が常磐線の線路上で轢死体で発見され、その十日後、三鷹駅構内で列車が暴走し死傷者二十六名の事件が発生した。そしてその一ヶ月後、八月十七日には東北本線松川駅近くで、列車が脱線・転覆し、乗務員三名が死亡する事件が起きた。レールを固定する犬釘が何者かによって抜かれていた計画的犯行であった。労組の共産党員二十名が逮捕起訴され、一審で全員有罪（死刑五名）。二審で有罪十七名（死刑四名）の判決であった。しかし最高裁で全員が逆転無罪となったいわゆる松川事件である。

この頃、松川事件の裁判長あてに抗議のハガキが中国残留日本人から大量に送られてきた。その宛先は主に二審の仙台高裁裁判長宛のものであった。ハガキの文面はほとんど同じ内容で半ば脅迫の抗議文であり、おそらく中国当局が強制的に書かせたものと思われる。日本にいる私たちでも事件の真相はわからないのに、この裁判は、反動勢力のデッチ上げであり不当なものであるから、被告である国鉄および東芝両組合員を即刻釈放するよう求めたものであった。それらのハガキの発信人を記録することにより、残留日本人の確認のための貴重な資料となった。

音信不通で生死がわからず一日も早い帰国を願っている留守宅には送られず、松川事件の裁判官あてに、抗議のハガキを送ることを強制された中国残留日本人の立場には同情すべきものがあった。そしてそれらのハガキが引揚調査に極めて役立ったことも事実である。

終戦当時、満洲や内モンゴルに日本人は約二百万人在住していた。その中でいわゆる満蒙開拓移民は約二十七万人であった。ソ連軍の突然の侵攻により約八万人の日本人が犠牲になり命を落とした。ソ連軍に追われ逃避行の中で集団自決したり、中には自分の家族や子供まで手にかけ、死亡させた悲惨な事例もあった。

ソ連軍兵士の略奪、暴行、虐殺行為は目に余るものがあり、また、現地住民の略奪もすさまじく、凄惨《せいさん》な避難生活を強いられたと言われている。

ソ連は、日本が戦争終結の仲介を依頼したにも拘わらず、それを無視し一方的に日ソ中立条約を破棄し、巨万の軍隊を満洲、樺太、千島に侵攻させ、いわば火事場泥棒の如く侵略した。そして終戦後、中国や南方地域ではポツダム宣言に従い、いわゆる戦争犯罪者を除き概ね早期に帰国させられたが、ソ連は約六十万人の日本人を、長い間シベリアその他に不法に抑留し、過酷な重労働を課し、寒さ飢えにより六万人の日本人が犠牲となった。

ここで、ポツダム宣言について少し書いてみたい。終戦の年の七月、ドイツのポツダムで連合国の三首脳チャーチル、スターリン、ルーズベルト、その後ルーズベルトが死去しトルーマンが、日本の戦後処理につき会談し、日本の領土、統治形態、占領、武装解除、戦争犯罪人の処罰などを取り決めた。その内容は日本にとって苛酷な条件であり、到底承諾し得るものではなかった。しかし、東郷外相は、この宣言は必ずしも無条件降伏ではないと解釈し得ると判断した。また同宣言には当初ソ連のスターリンが署名に加わっていないことから、日本側が依頼した和平交渉の仲介をソ連が行うためではないかと推測した。そこで、鈴木首相はこの宣言を一切のコメントなしに新聞で報じることにより、日本政府がこの宣言の受諾に留意している旨のシグナルを発信することを考えた。

しかし、そのような日本政府の意向に拘わらず、日本の主要新聞は「三国の共同謀略、笑止千万、対日降伏条件」などの見出しで反抗的な記事を報じた。慌てた鈴木首相は急遽記者会見を行い「ポツダム宣言に対する日本政府の態度は『黙殺』である」と発表した。首相の考えによれば黙殺とは英語のノーコメントであった。それが日本の海外放送では「イグノア（無視する）」と訳され、ニューヨーク・タイムズ紙は「日本、連合国の降伏最後通告を拒絶」と報じた。その時トルーマンは原爆使用を決断しかねていた時である。しかし日本がポツダム宣言を拒絶したとの報道に接し、原爆使用に踏み切ったと考えられている。もし、鈴木首相が考えた同宣言の受け入れを留意する旨の新聞記事が報じられていたならば、広島、長崎に原爆投下が決断されていなかったかも知れないと言われている（学研パブリッシング『太平洋戦争　9』）。

新聞報道によって重大な結果をもたらす例は他にも数多くあるが、中でも戦後長い間、朝日新聞が事実無根の従軍慰安婦問題を繰り返し報道し、現在なおわが国の立場を不利なものにしている事実は周知のとおりである。

慰安婦問題が話題になったのは、戦争が終わって三十八年後の昭和五十八年、吉田清治氏

（共産党員で韓国生まれと言われている）の小説『私の戦争犯罪』刊行後であり、この作り話をマスコミ（朝日新聞）が事実のように報道したことで問題が広がった。そして日本政府がそれを否定しなかっったことで問題をさらに広げた。その元凶は「河野官房長官談話」である。

朝鮮人業者が金儲けのため慰安婦を集め、軍の許可を得て兵隊さん相手の慰安所（当時は合法であった）を経営していたのが実体で、彼女らを日本の軍や官憲が強制連行したという証拠は何一つない。慰安婦たちの半数以上は遊郭で働いていた日本人女性で、彼女らの収入は当時の県知事の年俸より高給であった（当時の募集新聞広告）。このような朝鮮人民間業者による売春行為の営業に対し、日本政府が国家賠償問題としてなぜ対応しなければならないのか。それは、平成二十三年八月韓国憲法裁判所が、元慰安婦の賠償請求を巡る韓国政府の対応を違憲と判決したため、李大統領（当時）が日本政府に対し強硬に要請を繰り返すことになった。また韓国政府の工作により、米国議会下院をはじめカナダ、オランダ、EUなど各国議会は慰安婦問題につき厳しい対日非難決議を採択している。このような情けない結果になったのは、従軍慰安婦の強制はなかったと、日本政府がはっきりと否定しないのが原因である。もっとも否定することを認めさせない日本の野党勢力、マスコミの強力な圧力があるためでもある。敗戦国とはいえ、こんな情けない慰安婦の問題が世界中に広まった理由は何だろうと考えるとき、GHQの占領政策、すなわち日本人に対し徹底した贖罪意識を植えつけたことが考えられる。アメリカは無差別爆撃により、一般市民を大量殺戮した違法行為を正当化するため、戦争に負け萎縮している日本人に対し、強制的に贖罪意識を植えつけた。その結果、日本人はすべては日本が悪いのだという卑屈な自虐史観に縛られることになり、従軍慰安婦問題は、事実でないのに戦後日本人の自虐史観により日本人自身が懺悔を込めて作り上げた産物とも言える。それを韓国が上手に利用し、国際問題へと発展させ、現在も米国の各州に、あるいは欧州諸国に慰安婦の少女像を建て、日本を非難する運動を官民一体となって推し進めている。しかし、敗戦国とはいえ、事実でないものに罪の償いをしろと言われても無理な話であり、償いの仕様がない。ことを荒立てないために日本政府が考えた「償い金」や「首相のおわび」の書簡は出すべきではなかった。「おわび」をすることにより、ありもしない罪を認める結果となった。はっきりと勇気をもって否定すべきであった。日本人は今後もこの「無実の罪」を背負って生きなければならず、日本政府が慰安婦問題の存在を明確に否定しない限り、この問題は永遠に続き、事実のように定着し、日本人はその屈辱に耐え続けなければならない。

それにしても、無責任な作り話を書いた吉田清治氏。また、ちぐはぐであやふやな証言を繰り返す韓国慰安婦。日本政府として謝罪を表明し強制性を認めることになった「河野談話」。そして昭和四十年日韓基本条約において解決していながら、再び平成二十八年十二月日本・韓国両政府間で最終的かつ非可逆的にこの問題を決着しておきながら、さらにまた慰安婦問題を振り返す韓国政府。そしてこの虚構の慰安婦問題を事実であるかのように長年にわたり告発してきた朝日新聞、その論説主幹であり、後に主筆となり、この問題を書き続けてきた若宮啓文氏（故人）に対し、私は「わが国の言論を代表する朝日新聞、そしてその論陣の代表者である貴殿は本当に従軍慰安婦問題を信じているのでしょうか、信じているからこそこのような記事をお書きになったことと思います……」の書き出しで、長文の手紙を送った。同氏からハガキで返信があり、慰安婦問題を追求するのは「当社の社是」である。と書いてあった。そしてその後、朝日新聞は従軍慰安婦報道の誤りを認める記事を大きく出した。しかし長年にわたりこの問題を報道し続け、世界中に虚構の罪を撒き散らした朝日新聞の罪は極めて重く、はかり知れないものがある。同社は報道を通じその罪を償うべきである。

## 十一、青春の思い出

戦後間もない混乱期、空襲で東京が焼け野原になり書店も書籍もない時代、書籍を求めて焼け残った図書館を利用する人は多かった。私も休日には必ず図書館通いをしたものである。上野の図書館、駿河台図書館いずれも外壁は空襲で焼け焦げていた。また赤坂離宮は焼け残った建物を改修し図書館として利用していた。改修してはいるが赤坂離宮の内壁には焼け焦げた跡が見られ、広々とした庭園も荒れ果てていた。この離宮は急拵《ごしら》えの図書館として多くの人が利用し、いつも満席であった。不思議に思うことは東京中が空襲で焼かれていたのに、これらの図書館には大量の書籍が保存されていたことである。そして戦時中は読書する余裕もなかった人達が図書館に集まり、どこの図書館も満席であった。特に目立ったのは三十代前後の元兵士と思われる軍服を着た人たちで、学術書を貪るように読み、満ち足りたような彼らの表情を見、日本は戦火から立ち直り、きっと復興するように感じた。ほとんどの出版社が焼け、本の出版がなかった占領下の時代、唯一販売されていたのは米国のリーダースダイジェスト日本語版であった。その本の毎月の販売日には長蛇の列ができていた。その後日本も徐々に復興し、本の出版販売が復活し、多くの日本人が読書に専念するようになり、電車に乗り本を読んでいない人がいない状況が戦後長い間続いた。日本人の車中読書の熱心さに驚いた外国人の投稿記事まであった。

さて、引揚調査室の仕事は五時に終わり、まだ明るいので毎日のように近くの日比谷図書館で過ごした。戦後間もなく改修された同図書館は、仕事帰りの人たちでいつも満席であった。当時闇市の食べ物売場の他、まだ町の食堂が開かれていなかった時代、日比谷図書館の入り口で食パンが売られていた。バターをたっぷりつけて代金はいくらだったか思い出せないが安いと思った。食糧難の時代政府とGHQの配慮があったのではないかと思う。

引揚調査室の仕事で昼間は大学へ行けなかったので、昼と同じ教授のときは夜学の授業を受けた。夜学の教室はどこも満席で、私と同じような境遇の学生も多いのではないかと思った。夜学が終わる午後九時頃の御茶ノ水駅は学生で溢れていた。

引揚調査室の女子職員は旧満洲大連からの引揚者が多く、戦後の混乱期、人には言えない苦労を重ね引き揚げてきた人たちであるが、引き上げの苦労を話す人もなく、皆和気あいあいとしていた。大連は日本人が築いた街で東洋一近代化された美しい街と言われ、市の中心から放射線状に延びたモダンなアスファルト道路が印象的である。大連では日本人は恵まれた優雅な生活をしていたが、敗戦後着のみ着のままで引き揚げてきた人たちが多い。

引揚調査室の昼休み、晴れた日は毎日のように連れ立って日比谷公園を散歩した。今思うと皆若く青春時代真っ盛りを過ごしていたように思う。物もなく、お金もなかったが、友達に恵まれ楽しく過ごしたように思う。日比谷公園は戦時中陸軍の高射砲陣地となり高射砲が置かれていたが、終戦後は取り除かれ、花壇として整備されていた。昼休みに皆連れだって花壇を散策し平和な幸せを感じた。野外音楽堂で、毎週定期的に開催される警視庁音楽隊その他の演奏会を楽しく聞き、充たされた時間を過ごしたものである。

親しい女性のお友達も何人かいたが、その中で今でも時折ふと思い出す人がいる。もし健在でしたら六十五年前の楽しかった思い出を昨日のことのように話してみたい。どんな人と結婚し、どんな人生を歩んだのか聞いてみたい。また、こんなことも考えた。もしその人と結婚していたらどのような人生を歩んでいただろうかと。きっと楽しく満たされた人生だったただろうと想像した。当時の私はまだ青春のひと時を楽しく過ごす程度で、結婚なんて遠い将来のこととしか考えていなかった。しかし、今思うと彼女は真剣に考えていたのではないかと今更ながら気づき、そんな彼女の一途な気持ちに気づかず、受け止めてやれなかった愚かさをふと思い出す。長い人生を歩んで、はじめて人の良さがわかったのだろうか。それとも男と女の考えの違いだろうか。それにしても当時のことがどうしてこんなにも懐かしく思うのだろうか。やはり八十八歳の米寿を迎えたためであろうか。

平和で個人的な幸せを思い出すとき、それとは逆に満洲引揚者の悲惨な証言を今でも鮮明に思い出す。ソ連軍の略奪はすさまじいものがあり、民間企業や個人の資産を手当たり次第略奪し、中にはトタン板まで剥がし持ち去ったという。そしてソ連軍が略奪し残したものを現地人が奪い合うように略奪したという。また婦女子に対する暴行は目に余るものがあったと証言している。占領中GHQの徹底した検閲によりこれらの略奪、暴行はほとんど報じられることはなく、またその後三十年位日本のマスコミは、ソ連、中国、北朝鮮を理想の国として報じ、批判めいた記事は一切掲載せず、日本軍の加害行為を誇張して報じていた。戦後長い間侵略国家日本のイメージを流し続けた。

この報道規制の根拠となったのは、GHQのウォー・ギルト・インフォメーション・プログラム（WGIP）であるが、日本を擁護したり、連合国や近隣諸国を批判することを一切禁じ、占領軍兵士と日本人女性の関係を記事にすることまで、三十項目におよぶ報道規制が厳格に実施された。また個人の手紙までも検閲され、日本人の思考や歴史認識を自虐的なものにした。このWGIPの中でGHQが特に厳密に重視し規制したのは大東亜共栄圏の宣伝、すなわち日本が欧米列強をアジアから駆逐し、アジアの独立と繁栄を目指して日本が戦った大東亜戦争、これを全面的に否定し侵略戦争であったと日本人に認識させることであった。四百年もの間欧米列強の支配下にあったアジアが、この戦争の結果すべて独立を果たしたことを認めたくないのである。それを口にすることを禁ずるためGHQはあらゆる方策を講じた。書籍の検閲、学校教科書、大学教授の追放、マスコミ全般の監視など、そしてその効果が七十年後の今なお継承されている。つい最近でも航空自衛隊のトップ、田母神航空幕僚長が「日本は侵略国家ではない」と発表し、要職を解任されている。そして同氏を国会に証人として招致しておりながら見解を述べることを許さなかった。すなわち侵略国家ではないと発言されては困る暗黙の了解ができているのである。

## 十二、反日韓国

引揚調査室の仕事は非常勤職員であり、比較的自由に休むことができ、卒業間近になって大学の授業に出席する日が多くなった。非常勤は給与が低く、日給なので休む日が多い分受け取る給与は少ない。到底大学の授業料を払える額ではない。また父親が怪我をして入院中なので親にも言えない事情があった。そんな中、中国の戦場で腹部に銃弾を受け治療のため帰国し、戦争が終わる前に除隊していた叔父がいた。叔父はわが家の近くで味噌醤油の販売をしていた。その叔父に事情を話し、授業料のことを懇願したところ快諾して下さり、支払いが滞っていた授業料を納入でき、無事卒業することができた。叔父の援助がなければ大学卒業の免状を手にすることはできなかったと思う。法学部を卒業したので、弁護士を目指し受験勉強のため図書館通いを続けた。司法試験は大学卒であれば一次試験が免除されるので、二次試験の課目のみ勉強する訳だが、この程度で合格できるものではなく、不合格であった。

その頃、外務省の定員増が認められ選考採用の募集があることを知り、応募したところ採用され常勤職員となった。最初に配属になったのは文書課であった。タイピストの打った文書が、原議通り間違いなく浄書されているかチェックする仕事であった。在外公館あての文書は電信課で発信するので、文書課でタイプして発信する文書は国内官公庁あてか、あるいは日本に駐在している各国大使館あての文書であった。この駐日外国公館あての文書には、必ず英語または仏語の訳文が添付され発送された。訳文作成は翻訳班の仕事であるがタイプは文書課が担当した。

当時韓国は、日本の敗戦により独立し、独立して間もない国であった。日本の統治下では、韓国人は日本語の教育を受け日本語を使用していた。しかし韓国あて文書は韓国側の要請もあり本文は英語とし、訳文として日本語文が添付された。両国は日本語が通用するのに英文で遣り取りすることは煩わしく、また不自然であったが、韓国側は一切日本語の使用を認めなかった。

韓国の初代大統領李承晩は、大の反日家であり一方的に李承晩ラインを設け、ライン内で操業した日本の漁船計二百三十三隻を不法に拿捕し、漁船員合計二千七百九十一人を逮捕監禁した。内五人は韓国側の発砲により射殺されるなど拿捕事件が頻繁に発生していた。これに対し日本政府は抗議する訳だが、韓国側の態度は極めて傲慢であった。昨日まで同じ日本人として同胞として処遇し、莫大な予算を投入し、道路、港湾を整備し、田園地帯を開発し、数多くの発電所を建設、山間にまで電灯を灯し、朝鮮半島の近代化を進め投資したが、韓国はその恩恵を仇で返すように反日に変わった。日韓併合の合法性を否定し、侵略により植民地化されたと歴史を捏造し、反日感情を煽るようになった。太平洋戦争を共に戦い、同胞と思っていた隣人が急に豹変したかのようである。そして恰《あたか》も戦勝国のような振る舞いである。日本に対する優越感は韓国の学校教科書にも表れている。すなわち日本の伝統文化はことごとく韓国が教えたかのように記述し、例えば韓国の学校教科書では仏教、儒学、美術、音楽、医学、農業、柔道、空手、相撲、日本刀、茶道、生け花、和歌、日本酒に至るまで、すべて韓国が日本に教えたと記述している（松木國俊著『日韓併合が韓国を救った』）。一部には韓国から伝授されたものもあるが、何でそこまでウソを教える必要があるのだろうか。不思議である。日本はあたかも「永遠の敵」であり、日本の悪口を言えば「愛国者」と見なされるのであろうか。

スポーツを例にとっても、韓国のスポーツ紙は「日本は韓国にとって最大のライバルであり、スポーツ競技で韓国とぶつかれば、日本はどんな汚い手を使ってでも勝とうとする卑怯な国である」と報じている。二〇〇八年のフィギュアスケート世界選手権の時に、韓国のキム・ヨナ選手が「日本の選手がいつも練習を妨害する」と韓国テレビＳＢＳが報じ反日感情を一気に煽った。キム・ヨナ選手が「選手の数が多くて練習しにくかった」と言ったことを、同テレビは「日本選手が妨害した」と報じた。日本の浅田真央選手を陥しめる策略と思われるが、平気で誤報を流し、それも度が過ぎている。これに対し日本側は紳士的に抗議する訳だが、善意が通じる相手ではない。なぜこのような偏見を持つようになったのであろうか。韓国人の国民性にもよるが、三十六年間日本に支配されたという屈辱感。また日本側は統治していたという懺悔の気持ち。というより敗戦国民の萎縮した気持ちが弱腰になっているのではないだろうか。

列国の支持を得て合法的に日韓併合し、朝鮮半島開発のため、莫大な援助や投資した訳であるから卑屈になることはないと思うが、日韓併合の正しい歴史や、開発のため多くの事業を行ったことにつき日本国民は知らない、あるいは教育されていないことに原因がある。

終戦後、いち早く一方的に李承晩ラインを設け、その近辺で操業する日本漁船を不法に拿捕する韓国に対し、その釈放を求め抗議する訳だが、韓国側は日本政府の要請を無視し、多額の罰金や禁固刑を課し、また漁船を没収した。それに対しわが国は有効な対策も採れず、いわゆる弱腰外交に終始せざるを得ないのも、憲法九条の規定により武力の行使を禁じていること、また相応の防衛力を持つことを禁じられていることなど韓国側に見透かされていることは明らかである。

またこの頃、北方領土近海においてソ連官憲による日本漁船の拿捕事件が頻発していた。ソ連に対する日本の外交折衝は韓国に対するものと似たようなものであった。ただソ連の官憲は見境もなく発砲するので、特に船員の生命の安全を強調し船員の即時釈放を要請するが、理由もなく長期に抑留された。ソ連側は主に罰金目当てで拿捕している節もあり、領海侵犯には当たらない事例でも多額の罰金を要求した。いずれにしても戦後間もない時期、わが国は実力を行使することもなく、どのような場合でも人命優先を第一として折衝する以外に方策はなかった。

先に記したように、なぜ韓国は居丈高に日本漁船を拿捕し、また竹島を占拠し、その後も現在に至るまで事ある毎に日本に反発した行動を取るのであろうか。一説によるとアメリカの政策ではないかと言われている。米国は日本弱体化政策の一環として反日的な韓国を利用し、反日工作を行わせているのではないかとの説である。占領中日本の主要大学に韓国人教授を採用させ、現在なお続いているのもその一例である。

アメリカはさきの大戦で日本全土を焼き払い、原爆までも投下して日本人皆殺し作戦を実行したことにより、欧米人の感覚からすれば復讐されるのは当然のことと恐れていた。いずれ日本は報復するだろうと強い警戒感があった。そのためあらゆる対策を講じた。まず憲法の規定で一切の戦力を保持することを禁じ、また国家固有の権利である自衛のための交戦権までも認めず、そして、日米安全保障条約により日本の防衛を維持するためには米国に頼らざるを得ないようになっている。その上で米国が最も強く監視しているのは日本が原爆を作ることである。常時四十人の専門家が日夜監視していると言われている。トランプ大統領が北朝鮮に対抗し日本も原爆を作るべきだと発言し、それを撤回したが、彼はこれまでの米国の対日政策を知らないためだと思われる。

## 十三、懐かしの外務省文書課

文書課は外務省全体の文書の収受、作成、校査、発送などを取り扱い、外務省所管の全文書を管理する担当課であり、中には機密性の高い重要な文書を保管するが、外務省としては裏方の仕事で、どちらかと言えば比較的単純な仕事が多い。

そうした中で各局課で発信する文書を各課の庶務担当、ほとんどが女子職員であるが、彼女らが書類を持参するので、文書課は女子職員の出入りが多く、接触する機会も多い。その中で条約局四課に外務省一の美人と噂された人がいた。美人にもいろいろなタイプがあり人により好みが違うが、彼女の場合おしとやか美人で、何か内心に愁いを秘めたタイプであった。ある時、秋葉原駅で乗り換えた電車の中に彼女が偶然乗っており、その時は軽く挨拶した程度で、何も話をすることはなかった。その後彼女が文書課へ用事があり来る時は、他の係の用事の場合でもまず私のところへ来て尋ねた。

ある時、彼女が私のところへ来て「在スイス萩原公使からの来信で『ベルンにて開催の万国学士院連合会』に関する件の文書なんですが、同じ件名でフランスの西村大使からも来ている筈なんですが、まだ受け取っていないので調べていただきたいのですが」と尋ねた。

これは私の担当ではないので「これはね、あの収受係の関係だねえ……」といかにも落ち着いた態度で言いながら内心は嬉しかった。

「ちょっと待ってね、今聞いて来てあげるから」と言いながら、その公信写を彼女から受け取った。彼女は持って来た帳簿を懸命に調べている。その彼女の様子を二〜三の若い男性職員がじっと見ていた。彼女を独りにしておくのは可哀相に思い「こちらへ来てくれない」と私が声を掛けると、急いで収受係主任の柴田さんという女性職員のところへ来た。彼女が私のそばに親しそうに駆け寄り二人並んだ時、柴田さんは意味ありげに少し微笑み、帳簿を調べ始めた。私が彼女に「お仕事忙しいですか」と聞くと、彼女は息を弾ませた口調で「大鷹大使がパリから帰って来られ急に忙しくなりました」と体を寄せるように答えた。柴田主任が「わかりました」と言い、フランスの西村大使からの来信を確認したところ、その文書は条約一課に渡したことがわかり、同課に電話して「主管の変更をしました」と言った。彼女はホッとしたように柴田さんと私にお礼を言って急ぐように立ち去った。私はその日一日うきうきした気持ちで過ごした。

彼女の好意的な態度を感じながらも、まだ食事にお誘いするとかデートの約束をするような関係ではなかった。

ある時、お昼休みに有楽町で食事しようと思い、東門出入口で彼女とばったり逢い、彼女も外で昼食を採るため出掛けるところであった。まだ数寄屋橋が取り壊されず残されていた頃である。菊田一夫原作の「君の名は」のラジオドラマが一世を風靡し、日本中がそのドラマに沸いていた頃である。彼女と二人並んで数寄屋橋を渡りながら、私がドラマを真似て「君の名は」と優しく尋ねた。すると彼女は「中野麗子です（仮名）」と私に寄り添うように答えた。あとは無言でただ連れ添って歩いているだけなのに、私は身も心も嬉しさで満ち溢れていた。

彼女とは仕事の関係で何度かお会いする機会があり、また廊下でばったり会った時の彼女の嬉しそうな目の輝きから、お互いに好意を持っていたことは確かである。

その後、私は陸上自衛隊に入隊し、幹部自衛官として約六年間勤務することになり、彼女は条約局の若い外交官と結婚し、ヨーロッパ方面の大使館へ赴任する夫に従い海外に在住した。六年後、私は再び外務省に勤務することになり、ある時仕事を終えて正面玄関のロビーを通り過ぎようとした時、少し離れたソファーに独りの若い女性が座っていた。どこかの国のパーティに出席するため夫を待っていることは一見してわかった。端正な容姿、洗練された態度は正に外交官夫人そのもののように見えた。その人は驚いたようにじっと私の方を見ている。私もハッと驚いた。その人は確かに憧れの中野麗子さんではないか。かつての弱々しさはなく、自信に満ちた態度は外国勤務で培われたものと思う。私は驚きの余り呆然とし嫉妬の気持ちが沸いたが、自然な態度を装った。彼女も何か言いたいような素振りを示した。懐かしい再会なので気楽に振る舞えば良いのに、なぜか思い滞まるように、お互いの立場を考え、ただじっと見つめるだけであった。私は元気な彼女の姿を確認し、安心したようにその場を立ち去った。

私は陸上自衛隊幹部候補生学校に入校した時、彼女あてに入隊の挨拶を書き送ったが、返事はなかった。恐らく予想もしないことで相当に驚かれたことと思われる。それから六年後再び外務省で偶然再会できたことで、お互いに驚き、また元気なお顔を拝見し、六年前のことを懐かしく思い出した。

## 十四、陸上自衛隊幹部時代

私が外務省を辞め自衛隊に入隊した理由であるが、いろいろなことが考えられる。

わが国は、さきの大戦で徹底的に破壊され大敗し、占領軍により陸海軍は武装解除され一切の戦力を放棄した。そして日本を占領統治したのは、主として米英をはじめとする西欧諸国であった。しかし戦後の混乱期、ソ連、中国の社会主義国は共に手を握り同盟関係となり、世界制覇の野望で強力な勢力となっていた。その脅威は敗戦国日本にもひしひしと押し寄せていた。この上さらにソ連、中国に侵攻されれば、日本は完全に滅亡する状況であった。また当時の日本の国情は、いつ社会主義革命が起きてもおかしくない混沌とした情勢であった。満洲引揚者の言葉を借りるならば、ソ連軍の乱暴狼藉には目に余るものがあり、もし日本に侵攻してきたら引揚者は皆銃を採って戦うだろうと言っていた。確かにソ連兵の暴行略奪は酷いものがあった。日本は西欧列強に占領され、無防備となった。その状況でソ連、中国が連合して侵攻することになれば、ひとたまりもなく制圧され、悲惨な状況になる。やはり侵攻の野心を起こさせないためにも自衛の力を持つべきであると思った。

また、当時韓国の横暴な振る舞いは許せないことであった。合法的な日韓併合条約により昨日まで日本が統治していた韓国が、一方的に李承晩ラインを設定し、わが国固有の領土である竹島を占拠し、多くの漁船を不法に拿捕し、わが国の抗議の要請をまったく無視していた。この韓国の横暴な振る舞いに対し、わが国が何もできないのは武力を持たないからであり、やはり自衛のための武力を持つべきだと思った。以上は日本を取り巻く当時の状況であるが、私個人の体験として、これは戦前の教育の影響もあるが、軍事を学ぶこと、そして規律ある軍隊生活を体験したいと思っていた。また、当時私は勉強に無理を重ねていたこともあり、体力的に不健康になっていた。引揚調査室時代に肋膜《ろくまく》を患ったこともあり、どこか広々とした野原でのびのびと過ごしたい気持ちがあった。そしてこの自衛隊入隊の経験が、六年後外務省に戻り、在外勤務において極めて役立ったことは確かである。南米移住者に対する教育訓練、キューバには二回勤務、そしてボリヴィア、グァテマラ、ウルグァイなど問題のある国に勤務し、自衛隊において学んだこと、体験したことが非常に役立ったことは確かである。特に情報の収集と分析、そして何よりも状況の判断能力、状況の判断を誤れば多くの部下の命を失うことになる。この状況の判断は、一般社会においても大切なことであるが、自衛隊幹部学校中級課程において徹底的に教えられた。また戦争の実態はどうなのか、そのための抑止力はどうあるべきかにつき深く学んだ。

陸上自衛隊幹部時代
豊川にて（著者）

さて、私は自衛隊に入隊することを両親に告げると、折角外務省の常勤職員に採用されたのにと強く反対した。また職場の上司や同僚もびっくりしたように驚いた。無理もない、当時自衛隊に対する国民感情は極めて悪く、なぜ行くのだろうと不思議に思ったようである。

昭和二十五年朝鮮戦争が勃発し、日本に駐留していた米英軍その他の連合国軍が朝鮮半島に出兵し、その穴埋めとしてＧＨＱ

の指令により警察予備隊が創設され、それが保安隊となり、同二十九年六月防衛二法が成立し自衛隊と改められた。まだ防衛大学の卒業生がいない時代、自衛隊の最初の幹部候補生募集に応募し、福岡県久留米市の陸上自衛隊幹部候補生学校（旧陸軍の予備士官学校跡）に入校した。全国各地の一般大学卒二百名が入校し、朝六時起床、夜十時就寝まで九ヶ月間の訓練と座学はきびしいものであった。ただ毎日午後七時から九時まで教室で自習していたことを懐かしく思い出す。同校で初級幹部として必要な基礎的教育訓練を受けた後、各職種（普通科、特科、特車）に分けられ、職種毎の専門教育を受けるため、富士山麓にある富士学校の幹部初級課程（三ヶ月間）に入校した。私は特科（砲兵）であったので、二十八名の同期生と共に操砲や砲術など、隊員の教育訓練に必要な知識や実技を専門的に学んだ。同課程を修了後三等陸尉に任官し、姫路市の第三特科連隊第三大隊第七中隊に配属になった。中隊は隊員百四名、幹部三名、大砲六門、車両二十二両であった。隊員に米国製十吋砲の操砲訓練、カービン銃の射撃、陣地構築、通信その他射撃中隊として必要な訓練を実施し、また前進観測幹部や射撃指揮班長として服務した。二等陸尉に昇進し、富士学校幹部中級課程（五ヶ月間）に入校し、砲術全般についてさらに専門的に学び、小型偵察機に搭乗し、上空から火砲に対し射撃命令を伝達する空中観測射撃の技術も修得した。昭和三十二年部隊が宇治市に移動する頃は、戦砲隊長としてまた訓練幹部の中堅として隊員の教育訓練に当たっていた。さらに富士学校でレーダー幹部の教育を受け、戦場で一番多く被害を受ける迫撃砲の発射地点を、レーダーで探知する技術を修得した。その頃防衛大学を卒業した新任幹部が一線部隊に配属になり、彼らに砲術や対迫レーダーの教育を受け持ったこともある。

旧日本軍時代、姫路の砲兵と言えばその優秀さで知られており、時代が代わっても姫路の第三特科連隊はその伝統を受け継いでいた。

毎年実施される東富士演習場における模範火力演習。最近は「富士総合火力演習」と称しているが、防衛省上層部、各国駐在武官、報道関係者を招待し盛大に行われた。昭和三十一年の同大会において、私は前進観測幹部を命じられ、大隊全火砲十八門の射撃指揮で、砲弾の破裂高が一線に揃うなど、見事な一斉効力射を行い好評を博したことがある。

また、同年の第三管区秋季大演習において、善通寺普通科中隊に前進観測班長として配属になり、中国播磨山地七十七キロにわたる峻険な山岳地帯を踏破、対抗部隊の背後に迂回し、無線にて所属大隊火砲に的確な射撃要求を行い任務を完遂した。その行動は他の模範と認められ第三管区総監より表彰された。その表彰碑が、姫路の第三大隊隊舎前につくられたと聞いている。しかしその表彰令達一ヶ月前に、私は新たに編成された第十特科連隊所属を命じられ、宇治市に移動しており、その記念碑を見ていない。一度見に行きたいと思いつつ月日が過ぎてしまった。

宇治市大久保駐屯地に勤務していた頃、伊勢湾台風により多くの死傷者が出て、その救援のため部隊の大半が出動し、私は当直幹部として残留していた時のことである。近くの小学校の裏山が崩れ、教室に土砂が流れ込んだのでそれを排除して欲しいとの要請があった。駐屯地司令の命令で、私は三十名ばかりの隊員を連れて同校に向かい土砂の排除作業を行った。作業は午後一時位で終わり、校庭で休んでいると、校長先生がお礼の挨拶をし、感謝の印に子供たちの劇をお見せしたいと言うので、隊員を連れて講堂に入った。

講堂には生徒五十名位、教職員二十名位が椅子に座っていた。私たちが前の方の椅子に座ると劇が始まった。低学年生二十名位の演劇で、いわゆる反戦平和をテーマにした戦争反対、軍備反対のストーリーであった。練習不足と見えてぎこちなさが目立ったが、劇を終えた子供たちのほっとした笑顔が可愛らしかった。このような劇を見ると、逆にこの子たちの平和を守らなければという気持ちが涌いてきた。私たちが講堂に入った時の教職員の冷たい視線、中には組合員の腕章をした職員もいた。土砂崩れの被害はそれ程大きくないのに、私たち自衛隊を招き、子供たちの反戦平和の劇を見せることを目的とした反自衛隊工作の一環ではないかと感じた。私は若い隊員が嫌な思いをしたのではないかと心配したが、不快な表情を顔に表した隊員は一人もいなかった。私は劇を見せていただいた謝礼を言い「皆さんの平和の願いはきっと守ります」と挨拶し、隊員を引率し部隊へ引き揚げた。

昭和三十二年前後の国内状勢は、政治、教育、マスコミ、社会全般にわたって反自衛隊の時代であった。特に国民に大きな影響を与える大新聞やNHKをはじめ民間テレビ局のすべては、反自衛隊の偏向報道を繰り返していた時代である。また旧日本軍についても事実に反する加害行為を平然と報道していた。そして当時の日教組は、広汎な組織力をもって毎日のようにどこかでデモ行進を行い、積極的に反自衛隊の組合活動を行っていた。その煽《あお》りで学校教育は混乱し、学級崩壊をきたす学校まであった。

このように反自衛隊一色の世の中で、隊員を教育訓練することは精神的にすっきりしないものがあった。いざという時このことが阻害し、任務遂行に支障をきたさなければ良いがと思った。しかし隊員は志願して入隊しているのでその使命はわかっており、社会全体が反自衛隊の中で逆に仲間意識が強くなり、同志的組織となっていたことは確かである。戦後は戦前のように学校教育で厳しく道徳教育が行われていないので、世の中は長い間タガが外れたように、締まりのない社会になっていた。そのような中で自衛隊における規則正しい生活が若者の育成に役立っていたことは確かであった。入隊してくる若者の中には親に反抗しどうしようもない若者や、また、なまくらで親としても手に負えない若者が入隊してくるが、入隊一年位で規則正しい生活に慣れ、実弾射撃を習得する頃には、一人前の道理をわきまえた男になり、親でさえ見違えるような人間になったと喜び、謝礼の手紙を送ってきた父親もいた。自衛隊員は、まず立派な社会人でなければならないという教育の成果と思われるが、これは、結果的に自衛隊が社会に貢献している一例かも知れない。

戦前、戦時中、私の知る限りの陸海軍の各種学校を卒業した軍人ならびに一般徴兵で入隊した兵士は、いずれも皆立派に教育され、尊敬できる人たちで、見るからに輝いていたことは確かである。

## 十五、憲法改正問題

昭和二十七年一月、韓国は一方的に「李承晩ライン」を設置し、竹島の実効支配を強行した。竹島は、江戸時代から日本の漁民が利用し、明治三十八年閣議決定で日本領に編入し、島根県の管轄下に入り、これまで韓国をはじめ近隣諸国から領有につき異論がなかった島である。昭和二十一年GHQの漁業区域を定めたマッカーサーラインでも、日本領として認められている。また昭和四十年の日韓基本条約においては、竹島について「調停によって解決を図る」と記されている。韓国の不法占拠につき日本は過去二回（一回目は昭和二十九年、二回目は同三十七年）国際司法裁判所に提訴しているが、韓国側が拒否し裁判は開始されていない。わが国は調停によって解決を図ろうとするが韓国側は応じようとしないばかりか「独島（竹島の韓国名）危機対応指針」をつくり実施し、また韓国軍は実効支配強化のための「東方計画」を策定し竹島の占拠を続けている。

わが国は、憲法の規定で国際紛争を解決する手段として武力の行使を永久に放棄すると宣言した。従って自国の領土を保全するため実力を行使できない。竹島を占拠されても武力をもってこれを排除できない。もし武力を行使したならば、日本の市民団体が憲法違反として提訴することは明らかである。国際司法裁判所に訴え解決しようとしても韓国は裁判を拒否している。従って韓国が話し合いに応ずるまで待つしかないが、その間に韓国は着々と実効支配を固めることになる。

平成七年、中国の李鵬首相がオーストラリアのキーティング首相に対し「日本は二十年後には消えて無くなる。国家の体をなしていないから」と言った。その理由として日本国憲法九条を挙げた。憲法の規定で国の交戦権を認めていない。従って戦わずして降伏することしか施策がない。すなわち国家として第一の務めである国防を放棄した訳で、「国家の体をなしていない」という訳だ。

日本を無差別に徹底的に破壊し、多くの日本人を殺戮したアメリカ軍は、彼ら西洋人の考えからすれば日本はいずれ必ず報復するだろうと考え、それを阻止するための方策として、日本国憲法で戦争を放棄させた。すなわち今の憲法は占領軍の押しつけ憲法であるが、日本の学校教科書では日本人が自主的に制定したように教えている。それは、占領中に制定した憲法は、国際法で無効であると規定していることから、ＧＨＱはそのように認めさせる必要があった。

憲法九条二項は「陸海空軍の戦力は保持しない。国の交戦権はこれを認めない」と明確に規定しているので、中国の李鵬首相の言うように国防を放棄し、国家の体をなしていない訳である。日本政府は拡大解釈し、自衛権までも放棄したものではないとして、昭和二十九年

「自衛隊法」を制定し、陸・海・空自衛隊を設立編成した。しかし国会答弁ではいつも苦しい答弁を強いられている。そして憲法改正の必要性を痛感しながら、野党はじめマスコミ、市民団体などの護憲勢力が強大であり、また硬性憲法のため戦後長い間改正することはできなかった。独立国家として自衛のための戦力は絶対に必要であるが、憲法で禁じられているため「自衛隊は戦力ではない自衛力」だと無理な解釈をせざるを得ず、長い間苦しい答弁を繰り返してきた。そろそろ自主憲法を制定し不毛の憲法論議に終止符を打つべきである。

占領中GHQは、憲法の成立過程を報道することを一切禁止し、また、その後も長年にわたり日本のマスコミは憲法の成立過程を報ずることはなかった。GHQが頑《かたく》なに報道を規制した理由は、新憲法は戦時国際法に違反して作られているからである。ハーグ陸戦法規第四十三条の規定すなわち「被占領国の根本規範（憲法）を改正する権限までも占領軍は有しない」という規定である。占領中に被占領国の憲法を改正または制定することは国際法違反になるということである。また、日本が受諾したポツダム宣言は、日本国民の自由意思に基づく憲法制定を保証すると定めている（同宣言十二）。そのためGHQは、当時憲法に無関心だった日本国民を啓蒙する意味も含め「新しい憲法　明るい生活」と題し、戦後の深刻な紙不足にも拘わらず、日本政府に二千万部を印刷させ全国の家庭に配布した。その要旨は「今度のあたらしい憲法は、日本国民が自分で作ったもので、日本国民全体の意見で、日本政府が自主的に原案を作成し、天皇が発議し、議会の審議にかけ成立したものであります」と書いてある。しからば実際に憲法制定の実態はどのように行われたのであろうか。

その実態を要約すると、幣原《しではら》首相の提示した日本案すなわち国務相・松本試案をＧＨＱのマッカーサー元帥は認めず、これを拒否し、ホイットニー民政局長に対し憲法草案を早急に作成するよう命じた。同局次長のケーディス大佐が主体となり、日本人専門家の参加を認めず、部下の軍人二十五名により実質七日間で憲法草案を作成したのが実状である。

この草案をホイットニーは、吉田茂外相に示し「この案を受け入れなければ、天皇を戦犯として告訴する」「あなた方が生き残る（権力の座に）ただ一つの道だ」「これを受け入れれば日本が自由になる日（講和）が早まるだろう」などと脅迫し要請した。天皇を守り、早く講和条約を結び独立したい日本政府は、やむなくこの草案を受諾した。

新憲法は昭和二十一年十一月公布され、その翌年一月マッカーサー元帥から吉田首相あてに一通の手紙が届いた。その内容は「新憲法を施行後に再検討し、改正しても構わない」というものであった（『昭和時代　敗戦・占領・独立』中央公論新社）。なぜ「マ」元帥がそのような手紙を出したのか、それはＧＨＱ主導で行った憲法制定につき、極東委員会（戦勝国代表で構成されたＧＨＱの上部組織＝ワシントン）が新憲法を批判し、昭和二十一年十月極東委員会が新憲法を再検討すると決めたことにより、マッカーサーが対応を迫られたためと思われる。これに対し吉田は、確かに拝受致しましたとだけ返答している。

私は、ある新聞で読んだのだが、確か駒澤大学の西修名誉教授だと思うが、憲法草案作成に携《たずさ》わった元アメリカ軍人を訪ね、インタビューした記事で、彼らは一様に憲法は暫定的なものと思っていたとか、六十年経った今も改正されていないことの方が驚きであると証言している、と書かれている。

また、大月短期大学名誉教授小山常美氏は『憲法無効論とは何か』の中で次のように書いている。「ハーグ陸戦法規第四三条によれば、占領軍司令官に現行法をそのまま尊重する義務を課しているが、絶対的の支障がある場合には、同司令官が占領期間中の暫定法をつくることは許されている。従って、絶対的の支障が何かを示せれば、日本国憲法を占領下の占領管理基本法あるいは暫定憲法としては有効なものだったと位置づけることはできる。日本国憲法が占領管理基本法あるいは暫定憲法として有効だとすれば、当然に昭和二十七年の占領解除と共に、日本国憲法は法として失効する。これに対して、絶対的の支障が何か示せない場合には、日本国憲法は占領管理基本法としてさえも無効な存在となり、あらゆる意味で無効となる」と、無効の理由を述べている。

現行憲法が制定された当時は、都市という都市、町や村まで破壊され、一面の焼け野原で、ポツダム宣言を受諾して敗れ、いわば「一億総捕虜」の時代。国民は戦争に対する深い反省もあって、GHQ主導で制定された新憲法を承認せざるを得ない状況であった。もちろん多くの国民はその成立過程を深くは知らない。戦後七十余年、国民のたゆまぬ努力によって奇跡的復興を成し遂げ、世界第三位の経済大国に発展し、国民生活が豊かになった今、国民の平和な暮らしを守る法整備を行うことは国家として当然の責務である。国土や国民の生命、財産を守ることは国家の務めであるが、現憲法は戦力を保持することを許さず、国家固有の権利である国の交戦権も認めないと規定している。すなわち憲法の前文と第九条において、国と国民の存亡に関わる重要事項を自己決定できない体制になっている。武力の行使を永久に放棄し、自衛のためといえども国の交戦権は認めないと明記されている。

自国の安全保障を他国に任せ、独立国家として重要な自国の防衛を他国に頼っている訳である。また国と国民の存亡に関わる重要事項を自己決定できない状況でもある。すなわち占領軍が「永久占領」を目的としてつくった憲法であり、自国防衛を他国に依存する「被保護国」の憲法でもある。

この憲法と日米安全保障条約に基づき、わが国は米国の被保護国として永久に存続する覚悟であるならば良い。しかし、普通の独立国家として存続するためには憲法を改正し、国土や国民の生命、財産を守るための戦力を保持することを憲法で認め、それを行使する判断も、自分たちでできるように憲法前文を改正すべきである。憲法を改正すればただちに戦争になるとの一部野党、マスコミの意見があるがまったく逆である。戸締まりしていなければ泥棒は侵入する。現憲法九条は、戸締まりをしていませんと公言しているようなもので、また進入しても追い払いませんと明言しているようなものである。備えあれば憂いなしと言うが、備えを禁じているのだから憂いがある訳であり、国民は安心できない。憲法の前文に「諸国民の公正と信義に信頼し、われらの安全と生存を保持しようと決意した」と明記しているが、そのように憲法に明記すれば国や国民の安全が保持されるのであれば誰も苦労しない。そのような国際社会は望ましい。しかし現実には自衛の戦力を保持していなければ安全は確保されない。もちろん一国だけで安全を確保できないこともあるので集団的自衛権での対応も考慮しなければならない。

相互依存の関係では、すべて相手に依存し、わが方は戦力がないから何もできないということでは相手も協力しない、やはり国力に見合った戦力を保持し、協力することで、はじめて相互依存の関係が成り立つのではないか。

## 十六、思い出の京都

私は昭和三十四年四月京都市において田村郁子と結婚した。郁子は京都生まれの京都育ちで、祖父は「殿掌」という公家であったとか、伯母は極貧の公家といわれた桑原子爵と結婚、後に離婚し新しい夫と満洲へ渡っているなどの家柄であった。郁子は表千家流茶道師範、御幸流華道教授、しきなみ短歌会同人、久爾洋裁学校美学教師などの経歴があった。郁子は私より一つ年下で、宇治市大久保駐屯地の官舎で自衛隊幹部の奥様方に茶道や華道を教えていた。私が彼女と初めて見合いする場所が、京都市の有名な寺院の茶会であったことから、上司の奥様に急拵えの茶道を習い出席した。二・三回のお付き合いで結婚を決めたので、相手方はびっくりしたようである。式は京都嵐山の松尾大社で行い、新居は伏見桃山御陵の近くで、中庭の綺麗な旧家の離れ家を借りた。母屋にはこの家の年老いた母親と一人息子が住んでいた。息子は独身で教育委員会に勤めており、寝る前に毎夜のように仏壇の前でお経をあげ、敷き布団の周りに榊のような葉をまいて静かに就寝する人であった。

母親の話によると、戦前この離れ家には旧日本軍の大尉さんが住み、毎朝迎えに来る馬に乗り、伏見の工兵連隊に颯爽と出勤していたと、昨日のことのように懐かしく話してくれた。そして終戦後は、進駐して来たアメリカ軍の若い将校が日本人女性と住んでいたという。大久保駐屯地は自衛隊の前は米軍が使用していた。同駐屯地には独身将校用個室（ＢＯＱ）があるのに、女と同棲するためにこの離れ家を借りていたと思われる。母親が言うにはその女の人は「ええとこの嫁さんで、何か事情がおわして、ききもせなかったが、だんなさんが戦地からおもどりにならないのか」身を隠すようにしていた、と話した。日本中が空襲で破壊され就職難の時代、生活に困って米軍将校のオンリーになったものと思われる。オンリーとは、戦争で焼け野原になり、住む家も食べるものもない戦後の混乱期、生きるために進駐軍兵士の相手になった女性たち、多くの兵士を相手とする売春ではなく、唯一人と関係する大和撫子の貞操ではなかろうか。そしてこのオンリーは、アメリカ兵と結婚し七千人以上が彼の地へ渡った。敗戦国の無法状態の混乱期、もちろんオンリーでない女性たちも大勢いたことは確かである。女は戦いに勝った男たちに身を寄せるのかも知れない。あるいは戦いに勝った男たちがそれを求めるのかも知れない。

私は、郁子と住むようになったこの借家の中庭を眺めながら、旧日本軍の大尉、敵国であるアメリカ軍の若い将校、そして自衛隊幹部の私と、時代の移り変わりの激しさをつくづく感じた。歴史を見ているというより、歴史の中に立っているような感覚であった。強大な帝国陸軍の華やかな時代を思い、また遙か遠いアメリカからやって来た敵国の将校が、この閑静な家に住んでいたことが不思議に思えた。軍人でなく一般民間人であればそれ程深くは考えないが、激動する歴史の移り変わりの激しさを、現実のものとして認識せざるを得なかった。

郁子と結婚する二年前、すなわち昭和三十二年二月、新しく編成された第十混成団所属となり、姫路の第三特科連隊から京都府宇治市大久保の第十特科連隊第一大隊に移動した。隊舎は米軍が使用していたものでよく整備されていた。また、京都は名所旧跡が多く、当直や演習のない日曜日には、京都見物に出掛かる日が多かった。よく出掛けたのは伏見桃山御陵であった。当時桃山御陵は訪れる人とてほとんどなく閑散としていた。御陵内には日露戦争で勝利した乃木将軍の有名な水師営の民家があり、感慨深く見学した。小学唱歌「水師営の会見」を思い出し、口遊《くちずさ》みながら散策したものである。〽旅順開城約なりて　敵の将軍ステステル　乃木大将と会見の……」両将軍は互いに和やかに会見し贈り物を交換したという。

現在では考えられない情景である。

さて、部隊での訓練は、一週間程度の泊まり込みの演習は、滋賀県今津市饗庭野《あえばの》演習場（琵琶湖近郊）を使用した。また日帰りの訓練では、大久保駐屯地から車で二十分程の青野ヶ原演習場を使用した。京都は映画撮影の盛んな所で、時代劇のロケではこの演習場がよく利用されていた。ある時、大隊の検閲一週間前の総仕上げで、私の中隊が演習場を使用していた時のことである。映画のロケ隊も使用し、双方が入り乱れる状態になった。その日はたまたま中隊長に代わり私が訓練していた日であった。訓練を一時中断し、私はロケ隊の責任者の所へ駆けて行き、撮影の中止を求めた。しかし先方は予定を変更することはできないと強い態度であった。当方も重要な訓練であり、それに今日はロケ隊が使用するとは聞いていない。と言ったところ、ロケ隊は使用許可を取っていないこともあり、やむなく引き揚げることになった。その日のロケは、中村錦之助主演の時代劇で、私も彼の映画は好きであり、普通の訓練であったら場所を譲りロケを続けてもらうのだが、大隊検閲一週間前の大切な訓練であり、またロケ隊側は、自分たちはどこでも優先的に使用できるんだという態度が見えたので、私も強く主張した。しかし何か後味の悪いような複雑な気持ちであった。

中隊へ戻ってみると先任陸曹が「今日は駄目だね」と落胆したように言い、隊員は気が抜けたようにだらけた雰囲気であった。一週間後に大隊検閲を控え、気合いを入れて訓練しなければ間に合わないと思った。ここで引き締めなければと思った。しかし私は隊員を叱ることができなかった。他の幹部だったら厳しく、しかも上手に叱るのだが、私にはそれができない。叱ることが苦手であった。叱るべき時に厳しく叱らないのは、一人前の幹部とは言えない。けれども私は何も怒らないでも注意するだけで訓練の目的は達成できると思っていた。私は部下を訓練する時、いつも思い浮かべることがあった。それは以前見たアメリカ映画で朝鮮戦争の物語であった。二・三の米兵が命からがらやっとの思いで本隊に辿り着いた時、若い中隊長が、何もなかったかのように何も語らず穏やかな顔で彼らを出迎えた場面である。なぜか私はその中隊長の穏やかな顔を時折思い出す。どんなに苦しい状況下でも、部下の前では余裕をもって穏やかな顔をする。部下はその隊長の顔色をうかがい安心する。私は幹部としてこれは必要なことであると思っていた。

私は、中断した訓練を始める前に、いつもの穏やかな態度で陸曹を集め「検閲まで日数も少ないので気を引き締めて頑張ろう」とおざなりのことを言って訓練を再開した。

大隊検閲も概ね良好の評価で無事終わった。何事も善意をもって接すれば報われるの例えで、気持ちが通じ信頼されていれば良い結果が出るものである。「百年兵を養うは一日の戦闘にあり」という諺があるが、現在ではこの言葉は適当ではないかも知れない。しかし兵を休養させる、遊ばせるのもいざという時のために必要ではなかろうか。昭和三十五年三月、大久保駐屯地は新隊員教育隊の隊舎となるため、第十特科連隊は愛知県豊川市へ移駐することになった。豊川には施設部隊が現に駐屯していた。私たち所属中隊の入る隊舎は旧陸軍工廠の建物を間仕切りした殺風景な隊舎で、隊員は当初落ち着かなかったが、一ヶ月も経つと大部馴れてきた。どこの駐屯地でも同じだが一般隊員の食堂と幹部食堂は別であった。独身幹部で隊舎内に寝泊まりしている場合は、月に六十食までしか食べられない。もちろん料金は安いが有料であった。独身幹部時代ＢＯＱに寝泊まりし、朝食はクラッカーと牛乳（配達してくれた）で済ますことが多く、午前中の訓練に力が出なかった。しかし幹部の場合、立って見ているなど自分でコントロールできるので体力を使わないで済ませた。また浴場も幹部は別であるなど一般隊員とは異なる取り扱いであった。服装も最初は支給されるが、あとは自分で調達しなければならない。演習の時は隊員と同じように天幕で寝泊まりし、キャンプの気分で訓練するが、駐屯地では八時出勤、五時退庁で一般のサラリーマンと同じような勤務であった。

私の配属は特科中隊で、十吋砲六門（現在四門に変わった）を装備した射撃中隊であり、訓練幹部として隊員に大砲の操法、砲術、射撃、通信、観測、弾薬などの教育訓練を実施していた。また火砲、車両、通信機の整備を指導し、演習時は戦砲隊長として直接射撃号令を下し、またある時は射撃指揮班長として射撃図の作成、射撃諸元の決定、射撃命令の作成などの任務であった。私の中隊は実弾射撃において、特に近接精密射撃において確実に命中し、概ね良い成績であった。

自衛隊の隊員は、素直な隊員が多くよく協力してくれた。特に班長級の陸曹は、優秀で技術にも優れ、力強い共助を得ることができた。そのような訳で充実した楽しい勤務ができたと思う。検閲の訓練は厳しかったが、軍事的組織である以上当然のことである。自衛隊は、現憲法上戦争できない組織であり、表だった活動はできないことから、平和的な訓練にとどまっているが、一旦緩急の時はそうはいかないと思う。

原爆や水爆など巨大な破壊力の爆弾ができ、しかもそれが徐々に小型化され、また誘導弾や弾道弾が開発され、戦場の様相が恐ろしく変わってきた。核戦争となった場合極めて悲惨な状況になる。通常兵器における攻撃や防御がいくら上達していても対応できない。戦争が勃発し、これらの兵器を使用されることになれば、広島、長崎の例がある通り、想像を絶する被害をもたらし、世界の破滅となる。核戦争にならずとも一般的な戦争であっても、最近の兵器は極めて進歩しており、絶対に戦争を起こさせてはならない。しかし唯単に戦力を保持していなければ、戦争にはならないとは言い切れない。現実には抑止力としての戦力を保持していなければ安心できないし、国民の生命、財産は守れない。戦力を保持した上で外交折衝により、相互協調により、あるいは友好親善関係により領土、領海を保全し、国際紛争を起こさせないように努めなければならない。要は戦争にならないように最善の外交努力が必要である。

私は、自衛隊において多くのことを学んだ、幹部候補生学校、幹部初級課程、幹部中級課程までであったが、在職六年のうち三年近くは学生生活であった。情報の収集、状況の判断、各種武器・弾薬の取り扱い、砲術や戦術、観測や測量、後方支援など。そして自衛隊の組織全般を知ることができた。また訓練の実態や隊員の実状についても知ることができた。

三島由紀夫が、日本の国防を憂い、市ヶ谷の自衛隊に乱入し、割腹自殺したが、本当に自衛隊の実状を知っていたならば、自殺しなかったのではないか。三島氏に限らず多くの日本人は自衛隊の実状を知らないことは確かである。反戦平和の考えからあえて知ろうとしないのかも知れない。国民が自衛隊を知っていてもいなくても、あるいは反対しようがしまいが、自衛隊はこの国を守るため日夜努力を続けている。それは自衛隊の使命であり任務である。しかし、国民が自衛隊の実状を知り理解することにより、自衛隊の活動はより確固たるものになることは確かである。

# 第三部

## 十七、再び外務省へ

昭和三十六年一月、外務省に勤務している兄から、外務省に戻って来ないかとの連絡があった。私は、いずれ外務省に戻りたいようなことを、兄に話していたことからそうのような話になったが、兄は、今戻らなければ入省は難しくなるだろうと言い、また、南米移住の仕事だから自衛隊の仕事に似ているのではないかとも言った（人を扱う仕事なので単純にそう思ったのかも知れない）。そして定員上の欠員が一名できたためと付け加えた。一名欠員というのは、移住局企画課事務官の中曽根悟郎氏（中曽根元総理の弟）が、外務省を退職しなければならなくなり定員上の欠員が生じたとのことであった。中曽根氏はアルゼンティン在勤中に同国の女性と親しい関係になったが帰国し、移住局に勤務していたが、彼女が跡を追い日本まで来たことで結婚した。任国の女性と結婚した場合、外務省の規定（当時）では退職しなければならない（その後規定が改定され同氏は復職し、大使まで勤められた）。そのような事情から移住局で一名空白になったということである。

私は近く一等陸尉に昇進する予定であった。一尉になったら道義的にまた職責上退官は難しい。自衛隊では多くのことを学びそれを隊員に伝える義務があり、迷ったことは確かである。しかし、大陸間弾道弾の時代になり国際情勢も大きく変わり、別の角度から防衛につき研究したいとも思っていた。

わが国はさきの大戦に敗北し、広大な満洲を失い、さらに朝鮮半島、台湾、樺太、南洋諸島なども失い、領有地は半分以下に縮小された。その上それらの旧植民地その他からの引揚者六百三十万人の受け入れ（短期間にこれ程多くの民族移動は世界史上他に例がないと言われる）。また邦人を受け入れるべき国土は、爆撃により大半が破壊され、生産施設も農地も荒れ果てていた。そして、その頃世界的な食糧危機が到来すると予測される中、いかにしてわが国民を守るのか、また敗戦の閉塞感から開放し、いかにして国民に夢と希望を与えられるのか、その施策の一つとして南米移住が考えられていた。基本的には国民の自由意思による海外移住であるが、与党自民党田中龍夫代議士に限らず野党民社党有力議員にも積極的に移住政策を進めるべきとの意見があった。

昭和二十六年九月、サンフランシスコ講和条約により日本が独立し、同二十七年末、ブラジル移住が一部ではあるが内々に開始された。しかしまだ当分の間一般国民の海外旅行は厳しく制限され、南米は未知の国であり、夢と希望の憧れの天国であった。そのような時代に南米に新天地を求める人々に一つの光明となったのが南米移住である。そのような仕事に携われることは、私自身の夢と希望でもあり、またその仕事が日本の復興と海外発展にもつながると考えた。

昭和三十六年三月、私は自衛隊を退官し、同日づけで外務省移住局企画課に採用された。作業服から真新しい背広に着換え、六年ぶりに懐かしい霞ヶ関外務省へ戻った。

私が移住局に勤め始めた頃は、移住の最盛期も過ぎ、移住者数も徐々に減少し始めた時期であった。まったくと言って良い程海外渡航や外国移住につき知識がなく、新鮮な気持ちで貪《むさぼ》るように一から勉強し始めた。

海外渡航手続き、国内での移住者募集・選考、出発乗船のための手続きおよび教育、南米事情、受入国の社会・経済状況、移住船の現状、移住の形態、移住地の現状と受入機関などにつき少しずつわかってきた。戦後最初に海外移住を検討すべしとの方針を決めたのは、昭和二十四年五月、衆議院本会議で「人口問題に関する決議」であった。しかしこの決議は極めて控え目で、「日本国民が今後世界に歓迎され、かつ世界の福祉増進に寄与することができるような移民たり得るよう、今から準備し、努力することが必要である」と、わが国はまだ占領下にあり自由に渡航できない時期であるが、海外移住につき検討準備すべしと決議している。

昭和二十六年九月日本は独立し、翌二十七年十月神戸移住斡旋所を開所、同年十二月第一回アマゾン移住者五十四名が神戸を出港した。そして昭和二十八年九月移民問題審議のため外務大臣の諮問機関として「海外移住懇談会」が設置され、また移住者送出の実務機関として、昭和二十九年一月日本海外協会連合会が設立された。

さらに昭和三十年七月外務省に移住局を設置。同月海外移住審議会令を公布。また同月海外移住振興に関する閣議了解で、速やかに移住者の大量送出を可能ならしめる諸施策を講ずるよう閣議決定された。そして海外移住地の購入、造成のため、同年八月海外移住振興会社法が公布され、同九月に同社は設立された。また神戸に次ぐ二つ目の移住者送出収容所として、昭和三十一年三月横浜移住斡旋所が開設された。

なおこの頃わが国と移住者受け入れにつき移住協定を締結した国は、ブラジル、ボリヴィア、パラグァイ、ドミニカ、アルゼンティンの五ヶ国であった。

私が移住局に勤め始めた当時、移住の最盛期も過ぎ移住者は減少しつつあり、海外移住は明らかに歴史的段階を迎えていた。すなわち、昭和三十五年度八千三百八十六名の移住者をピークに三十六年度六千二百六十三名、三十七年度二千二百一名、三十八年度千五百二十六名と激減していた。国内の生活水準が向上し、また経済の高度化により国内労働力不足などが原因と思われるが、これに対応する新しい移住政策の検討が唱えられていた。しかし、こうあるべきだという新しい移住の在り方は明確に示されていない。それは戦前のように国策として移住を奨励し、国家が政策として強く関与できる時代ならともかく、現在のように国民の基本的人権として移住の自由を認め、移住者個人の自由な意思により、また移住者の主観によって移住が決められている現在､移住の在り方について積極的に示せないこともあり、移住なんか止めてしまえという意見さえあった。なぜこのような意見が出るのであろうか。それは移住に対する考え方の前提として、移住したい人がおり、その人たちが移住する、国はその移住者個人の移住を助成し、援護するものであって、国の公的利益とか国際協力という面はあくまで副次発生的に考えられているからである。従って移住する者がいなくなれば移住は止めてしまえという議論になる。

これは海外移住の公的な側面や効果を疎かにした見方であると考える。もちろん移住者個人の生活の向上、発展は第一義的に考えなければならないが、移住者の開拓意欲、海外まで行くというフロンティア精神、個々の技術、企業あるいは営農能力を通じて現地社会の発展に貢献し、広くは移住先国の開発に寄与し、それが国際協力に繋がっている側面を評価しなければならない。

アマゾンのジャングルに、また広漠としたブラジルの野原に、そしてパラグァイの未開地に、さらにはボリヴィアの山奥に黙々と働く移住者の姿は、ただ単に移住者個人の富と財産の増大を求めて汗水を流しているのであろうか。そうではないと思う。このことを一番よく知っているのは移住者自身だと思う。天を覆う鬱蒼とした巨大な原始林に斧を振り、開拓に勤《いそ》しむ移住者の姿は、人種や国境を越えて、大自然の開発に挑む公的な使命を帯びた姿である。移住者はその気持ち、その使命をよく自覚しており、そうでなければあの原始林の奥深く、ただひたすらに働く力は湧いてこないであろう。開発途上国の開発に勤しんでいるという信念と使命が、移住者の心を強く支えているように思われる。移住の動機や移住初期の目的が、移住者個人の富の増大や能力の可能性への挑戦であっても、結果として移住先国の開発に貢献し、それが国際協力に繋がる。これこそ真の海外移住の姿ではなかろうか。

わが国の海外移住に対する考え方なり理想は「これがこうだ」という明確なものではなかった。戦前は人口問題の対策、また二、三男対策として海外移住を考えていた時代もあった。また、移住者の中にはややもすると現地で働いて早く故郷に錦を飾りたい、あるいは大地主になりたいという考えから自己本位になり、移住先国の政策に順応することがおろそかになったり、相手国の国民感情に背を向けることがあったことも事実である。

移住してその国の人となり、生涯を通じまた彼らの子孫を通じ、その国の開発に貢献している移住者の姿こそ、真の国際協力ではなかろうか。戦後は個人の自由意思を尊重する時代、移住希望者に対し確信をもって「移住しなさい」と言えない時代でもある。また戦後日本社会の風潮は、自分さえ良ければという個人主義の時代に、移住という半ば公的な性格を有し、その人の一生に関わることを決める訳であり、責任を伴うが、海外における活動の場として、また資源小国であるわが国の将来を考えると、海外移住の道だけは閉ざしてはならないと考える。

昭和三十七年十二月、海外移住審議会は新しい移住の理念について池田総理に対し次のように答申している。

「海外移住政策の基礎となるべき理念は、国民に日本とは事情を異にする海外における創造的活動の場を与え、これを通じて、直接・間接に国民の具有する潜在的能力をフロンティアにおいて開発し、その結果相手国への開発協力と世界の福祉に対する貢献となって、日本および日本人の国際的声価を高めることにならなければならない。なお、移住は従来のように単なる労働力の移住とみられるべきではなくして、開発能力の現地移動とみられるべきである」と答申している。

海外に移住する者が、国民の中のごく一部の人たちに過ぎなくとも、その人たちが、個性と能力を生かすに相応《ふさわ》しい創造的活動の場を求め得る、ということが、日本社会の精神的健全性の増進に極めて高い価値を有している点を重視しており、新しい移住理念の発想はこのような側面を考慮していると言える。

戦後の南米移住者数は、昭和四十年度まで約十四万二千名であるが、この内政府が渡航費を貸しつけ、あるいは支給した移住者は五万七千九百二十九名であった。渡航費は法改正により全額支給となり、これまで返済された渡航費は、移住者の福祉に充当されることになった。渡航費貸付移住者の内五万六千三百三十二名は農業移住者であり、九百四十二名は技術移住者で、六百五十五名は近親呼寄等であった。今後移住政策の重点は、これまで移住された方々の定着安定に向けた諸政策を講ずることに重きを置くべきと考える。

それでは当時日本人移住者に対する海外の評価はどのようであったのか少し触れてみたい。日本人を称える記事はいろいろあるが、端的に表したものとしてペルービアン・タイムズは次のような記事を載せている。

「アマゾン地域に対して、日本人ほど貢献した人種は他にない。ポルトガル人はこの地域を開化したが主に政治的なものであった。アマゾンを現実の経済の中に目覚めさせたのは、定住を求めてやって来た日本人であった。ブラジル人たちはこの土地でゴムを採取してブームを呼び、多くの人種が流れ込み一時賑わったが、ゴム産業の崩壊と共にアマゾン地域は再び元の静寂と原始状態にかえった。そこへ日本人がやって来てジュートと胡椒を導入したのである。現在アマゾナス州においてジュートはゴムより経済的に重要な商品となっている。またパラ州においては胡椒の日本人コロニアが州政府に支払う税金はベレーン市を除き他のどんな市町村よりも多額なものである。……」と記している。

またブラジル最大のオ・クルゼイロ誌は、一九四九年日本移民五十年祭に際し、日本移民特集号を発行し、その大きな見出しに「太陽は西にも昇る」と書いた。ブラジル（他のラ米諸国も同じであるが）日本のことをパイス・デ・ソル・ナセンテ（日出づる国）と言っているが、その太陽を西からも昇らせているのが日本人移住者とその子孫だと言うのである。

さらにメージン大統領は、往訪の愛知外相に「今日のブラジルの繁栄は、七十万（当時）日系人の力に負うところが多い」と述べている。この他日本人移住者を称える評価は、ブラジルに限らず、アルゼンティン、パラグァイ、ボリヴィアなど移住受入国で一様に称賛されている。このようになるまでの移住者の血と汗の滲む努力を忘れてはならない。

ただ海外移住は良いことばかりではないことも事実である。一時期、日本のマスコミは、ドミニカ移住の失敗を大きく取り上げたことがある。ドミニカは、カリブ海の島国で当時のトルヒーリュ大統領は大の親日家で、自分の子供に太郎とか花子と名づける程で、日本人移住者受け入れにつき一家族二町歩の土地を無償譲渡するとか、受け入れ支援につき極めて良い条件であった。けれども同大統領は暗殺され、移住者に対する支援が滞り問題となった。あの島国で二町歩の土地というのはひと角の地主であり、日本人に無償譲渡することに現地人が強く反対した。またドミニカ移住者は、九州の炭鉱離職者が多く開拓に慣れていなかった。そして日本が経済的に復興したことから移住者の中には回帰志向で日本へ帰国したい人たちがいた。そのようなことが重なりマスコミが大きく取り上げ海外移住を批判したことである。

その頃、すなわち昭和三十八年七月移住実務を専門に取り扱う公的機関として、遅ればせながら海外移住事業団法が公布され、念願の移住事業団が設立発足した。

私は本省において移住政策の流れや移住先国の現状、移住地の状況その他移住事業全般につき概略理解を得ることができた。そのことを踏まえ実際に移住者を収容し、講習や移住手続きを行い移住者を送出している外務省神戸移住斡旋所に勤務し、実務に携わることを希望し、その旨上司に申し出たところ認められ、神戸へ赴任することになった。

## 十八、神戸移住センター

私は約四ヶ月間本省で勤務したあと、昭和三十六年七月神戸移住斡旋所へ赴任した。二ヶ月ばかり総務課所属となり、その後教養斡旋課主任として勤務することになった。課長はもともと任命されていないので、主任である私が移住者送出の実質の責任者ということになる。課員はベテラン男性職員二名と看護婦一名であった。

ここで移住斡旋所へ入所するまでの移住者の手続きにつき簡単に述べてみたい。海外移住には「計画移住」と「呼寄移住」の二種がある。計画移住は受入国ならびに日本政府の移住計画に基づく移住であって「開拓自営移住」と「雇用移住」に分かれる。ブラジルにおける開拓自営移住は、（一）ブラジル政府または州政府が設けた植民地（二）日本海外移住振興会社が分譲している移住地（昭和三十八年移住事業団が引き継ぐ）（三）全国拓殖農業組合連合会が分譲した移住地などがある。

雇用移住とは、受入国の農場に契約者として働く移住者で「家族雇用」と「単身雇用」に分かれる。

呼寄移住は、受入国に在住する親戚、知人、その他特定の人が居住国政府の許可を得て個人的に呼び寄せる移住である。

またボリヴィア移住は、同国政府が供与する入植地（移住事業団が管理）に移住する人が大半で、パラグァイ移住は振興会社から引き継いだ移住事業団分譲地に入植する人が多い。アルゼンティン移住は呼寄移住が多かったが、事業団分譲地に入植する人も増加してきた。

移住者の募集は、受入国の移住地から受け入れの要請があると、在外公館は移住地を調査し、適地であれば入植または雇用の条件を取り決め、それに基づき日本海外協会連合会（移住事業団）が募集要項作成し、各都道府県海外協会が募集する。移住希望者はそれぞれの受け入れ資格に該当したならば、移住申込書に必要書類を添付し各県海外協会に提出する。海外協会の推薦に基づき海外協会連合会（移住事業団）は選考の上合格者を決定し本人に通知する。

合格通知を受けた移住者は、募集要項に基づき現地の事情を一通り知った上で、衣類、寝具、食器類、農業用具その他生活必需品また大工道具等を準備し荷造りする訳だが、一つの箱に同じものをたくさん詰めない（税関対策）。（移住者は）住んでいる日本の家を処分し、見知らぬ外国へ移住する訳であるからその準備は大変なことである。開拓自営移住は呼寄移住や単身雇用の場合と違い細かい農具なども携行しなければならない。

また査証申請に必要な書類等例えば（一）健康診断書（二）農業従事証明書（三）携行資金立証書類（四）居住証明（五）善行証明（六）家族構成証明など移住の種類によって異なるが、それらの書類を取り寄せなければならない。もちろん各県海外協会が支援するが、多いもので二十一種類の査証申請書類を提出し、やっとブラジル入国査証を取得できた移住者もいた。

なお、渡航費は、三等船賃を家族全員に日本政府が貸しつけていたが、昭和四十一年四月

**「神戸移住斡旋所」（後に「神戸移住センター」と改称）**
**現在「移住資料室」「日伯協会」など**

全額支給に改正された。これまでに返済された貸付金は移住者の援護に使用されることになった。また全渡航者に支度金（大人七千円、子供半額）が支給される。この他移住振興会社（移住事業団）による土地購入および農機具購入資金の融資等がある。

移住の許可（合格）を受けた者は、海外協会より日本出発の期日の通知を受け、中部地方以南の人は神戸移住斡旋所へ、関東以北の人は横浜移住斡旋所へ入所し、移住者として必要な現地事情の説明や各種講習、語学研修、ブラジル総領事の面接。乗船中の心得、税関検査、外貨交換、出国手続き等を行う。入所期間は一週間である。出港地は神戸と横浜の二港で、毎月二回出航し、太平洋経由は大阪商船の五隻、アフリカ経由はオランダのロイヤル・インターオーシャン・ラインズの船五隻、計十隻が運航され、それぞれの船会社から毎月一隻ずつ月二隻の船が出航していた。船は一万トン級の船で一般客も乗船し、移住者は多い時で八百名、少ない時でも百名前後を乗せて出航していた。太平洋経由は四十日位、アフリカ経由は五十日位でブラジルのサントス港に到着した。

上陸する港はベレン、レシフェ、リオ、サントス、ポルトアレグレ、ブエノスアイレスなどであるが、港には移住事業団職員や引受人が出迎え、入植地まで案内する。入植地は上陸港の近くにある所もあれば、さらに数日汽車で行かねばならない所もある。ブラジルのカンポグランデやさらにその先のボリヴィアへ入植するには七日間も汽車に乗らなければならない。またパラグァイへ入植する場合でもブエノスアイレスから丸二日間、アルゼンティンの大平原を汽車で走り続け、国境の町ポサーダスに着き、そこからパラグァイ川を舟で渡り、さらにバスに乗らなければならない。アマゾンの奥地マナオスへは、アマゾン川の河口の港ベレンから定期船でアマゾン川を上り二日間を要する。そのような汽車や船の旅行に備え毛布や手回り品を用意する必要がある。

移住者は、移住斡旋所で七日間にわたる各種の講習や出国手続きなどすべての行事を終え、出発の朝は、斡旋所調理師心尽くしの赤飯とお頭《かしら》つきの朝食に舌鼓《したづつみ》を打ち、未知の大陸南米へ移住するという不安と希望に充ち溢れていた。一方、これから移住船に乗り込み太平洋の荒波を越える、あるいはインド洋やアフリカを経由するという緊張感と、再び祖国の土を踏めるかどうかわからない複雑な心境で、見送りの親族や県職員、海外協会の人と挨拶を交わし、また前庭ではこもごも記念撮影をしていた。

**南米移住船の出港風景（神戸港にて）**

午前十一時、神戸市営バスが移住斡旋所（昭和三十七年移住センターと改称）前にずらりと並び、移住者の多い時は大型バス二十台並んだことがある。移住者がいよいよバスに乗り込む頃になると、二階事務室スピーカーから決まったように流されるのが、ペギー葉山の歌う「南国土佐を後にして」の軽快な音楽であった。紺の制服に真白い手袋をはめた、バス会社選り抜きのバスガールに促され、移住者たちはこの歌を聞き、明るい笑顔で軽やかに手を振りバスに乗り込んだものである。移住者は、希望に燃え一様に明るい顔を装ってはいるがそれぞれの事情は様々であり、口には出さぬが、移住を決心するまでにはいろいろなご苦労があったものと思われる。特に同伴する子供たちの表情は複雑なものがあった。

移住者入所中の一週間は、所長はじめ守衛、炊事係、看護婦、事務職員等全職員は猫の手を借りたい位皆忙しく、何しろ数百名の移住者の宿泊の世話、各種講習や現地事情の説明、健康診断（特に眼科）、出国手続き、ブラジル総領事面接（ブラジル移住者）、外貨交換、税関検査（移住センター倉庫で検査後、船に積み込む）等正味五日間で十名の職員で行うのであるから大変である。字も書けない老人に旅券その他のサインを教えたり、泥縄式にブラジル語やスペイン語の講習までするのであるから、中には船に荷物を積み込んだ後、夫人が妊娠七ヶ月のため入国査証が下りず、荷物を引き出そうとするが下積みのため降ろせず、横浜港で降ろした事例があった。

移住者が全員バスに乗り込んだ時は、職員は一様にほっとし張り詰めた肩の荷を降ろしたものである。このようにして毎月二回大阪商船とオランダ船で送り出した渡航費支給移住者（南米、北米計）は、神戸と横浜を合わせ合計六万六千三百二十二人に達している（昭和五十七年度時点）。なお渡航費支給以外の移住者を含めた合計（全世界）は二十四万二千五百一人であった（同年度）。

神戸出航の移住船は、同港最大の第四突堤から大勢の見送り人や祝壮途の幟《のぼり》を掲《かか》げた県職員に見送られ、神戸市音楽隊吹奏の「蛍の光」の奏《かな》でる中、見送る人々と取り交わした幾千、幾万のテープが風に舞う中出港していった。出航が土・日の時は市民の見送りも多く、第四突堤一杯に約二万人の見送りがあった。私たち移住センターの職員は出港の銅鑼《どら》が鳴るまで、船内で移住者の乗船状況を確認し、船長に報告した上で下船した。そして船が見えなくなるまでじっと見送ったものである。

## 十九、南米移住船「ぶらじる丸」輸送監督

昭和三十七年三月二日神戸出航の移住船ぶらじる丸の輸送監督を命じられ、私は移住者を引率して南米へ渡航することになった。助監督として移住事業団松本技術課長、カトリック移住協議会スイニー神父そして北海道拓殖専門学校長某氏が同行することになった。

移住者は神戸から二百七名、横浜から百十二名合計三百十九名である。内男性百六十八名、女性百五十一名(内二十三名は花嫁)であった。なお十二歳未満の子供八十七名が含まれていた。

ぶらじる丸は、移住者を乗せ晴天に恵まれ三月二日午後四時、出航の汽笛を鳴らし、その巨体は岸壁から離れ、幾千、幾万のテープが千切れ、祝壮途の旗の波と歓呼の声に送られ出港した。私はデッキに立ち、住み馴れた美しい神戸の街や六甲の山々を眺めながら、じっと感慨深く見守った。そして石川達三の小説『蒼氓《そうぼう》』の一説を思い出したものである。

船は紀伊水道を南下し、熊野灘を北東に進んだ頃、横浜港で上陸を希望する者の上陸につき船側と協議した。また五歳の女の子が水疱を発病し病室に隔離した。

ぶらじる丸は一万百トンの貨客船で、一、二等は個室で一般乗客が乗船していた。乗船者はほとんど外国人であった。移住者は三等船室(九百二名)で相部屋となっており、蚕棚《かいこ》

と呼ばれる二段ベッドであった。助監督は二等船室（六十八名）、監督は一等船室（十二名）で、食事は船長の隣の席で優遇された。移住者に申し訳ないと思った。（ぶらじる丸は昭和四十三年引退、現在中国上海で海上パビリオンとして利用されている）。

三月三日（土）　晴　正午移住者に対し横浜上陸の注意事項を説明。午後一時外泊者受付。同二時横浜港南桟橋接岸。外泊者は八家族二十五名、単身十八名計四十三名であった。

三月四日（日）　晴　午前十時横浜移住センター退所式に出席。午後二時横浜からの移住者百十二名乗船。同四時横浜港出港（神戸、横浜乗船者で眼疾病のため航海中治療を要する者二十八名）。

三月五日（月）　晴　風浪強し　昨夜海上のうねりが強く船酔患者続出し、本日午前九時半に予定の移住者集会、乗組員紹介を明日に延期した（船酔で治療を受けた者五十二名）。

三月六日（火）　晴　午前九時半移住者集会、船長以下乗組員の紹介、監督側挨拶、船中における諸注意の説明、引き続き自治組織について説明したが、移住者の半数近くが船酔のため世話人四名を選出し、自治会の結成を明日に延期した。ぶらじる丸事務長の話によると、黒潮を乗り切るまでは船の揺れが酷《ひど》く船酔する者が多いとのことであった。

三月七日（水）　曇　横浜出港後船酔のため食事が採れない者三十八名。また感冒患者六名いたので、午前九時半から約一時間船医に回診を依頼し、それぞれの症状により適宜治療した。なお特に船酔の酷い者五名医務室に入室させた。

**南米移住船「ぶらじる丸」**

午前十一時自治会の設立会を開催、各係役員を選出。自治会の世話人四名。娯楽班二名。体育班二名。図書班二名。新聞班五名。教育班九名選出。

午後三時各班世話人発会式を船長出席のもとに開催。同四時から各班に対し実施要領を説明、資材の貸し出しを行い、各班の活動場所を調整した。

三月八日（木）雨　風浪強し　昨夜来風浪強く雨も加わり、海上はうねりが酷く、船の動揺も激しく船酔者続出。特に酷い者五名新たに入室治療した（入室者計十名）。また午前十時予定の船内小・中学校開校式を明日に延期した。校長大島喜一　教師八名　生徒幼稚園十二名　小学校五十名　中学校二十六名　合計八十八名。

三月九日（金）晴　風強し　昨夜低気圧の接近でうねりが強く船酔した者多数いたが、一夜明け雨もあがり晴天となった。移住者たちも久し振りに甲板に出たりして元気になった。午前十時船内学校開校式。国家斉唱の後大島校長、船長、監督の挨拶。事務長から全生徒に教科書、学用品、御菓子を配布。同十一時教師と監督との間で明日からの教育指導要領につき打ち合わせ。午後三時半明後日に実施する演芸会の準備につき打ち合わせ。会場準備は体育班。参加者受付は娯楽班。船側賞品一等〜八等、監督も同じ。

三月九日（金）　晴　午前七時十六分日付変更線を通過し昨日と同じ九日である。同じ日を二日経験し何か実感が湧かないが、不思議な感じがして空を見上げ、海を見渡したが何も変わっていない。

横浜出航以来七日目にして初めて風のない静かな航海である。見渡す限り大海原で陸地はまったく見えない。地球がすべて海で覆われているような感じである。子供たちも朝早く甲板に出て七時半からのラジオ体操に元気よく参加していた。

午前九時から船内の各学校が始まり子供たちは楽しそうである。またそれを見ている親たちも嬉しそうである。午後二時から語学の講習を開始。ブラジル語は谷尾憲三氏（サントス）、スペイン語は大島喜一氏（ブエノス）。それぞれ大勢参加し、熱心に授業を受けていた。午後七時から三等映画会実施。

新聞班により船内新聞創刊号を発行。名称は「伯宝船」と命名。乗船者の中に学校新聞編集経験者がいたので頗《すこぶ》る順調な出足である。日刊とし毎日発行部数二百五十部（水痘のため入室中の二名退室）。

三月十日（土）　快晴　船内学校、語学講習共に順調に実施。船酔のため眼科治療を受けていない者六名いたが、全員受診するようになった。船酔入室中の者九名の内五名退室。

三月十一日（日）快晴　午前十時明日実施予定の防火訓練、総員退船訓練の打ち合わせ。午後二時今夜実施予定の船内演芸大会最終打ち合わせ。午後七時～十時半、船内大演芸会舞台装置もよく作られており、歌あり、踊りあり、隠し芸あり、特に花嫁さんたちの即興ダンスは良かった。船側監督側が賞品多数を用意したのも好評であった。

三月十二日（月）晴　午前十一時スイニー神父「国際教養」と題し三十分講話。同十一時半松本助監督「南米事情について」三十分講話。午後二時半から船内防火訓練および総員退船訓練実施。午後七時半運動会並びに赤道祭打ち合わせ（船側、各班世話人）。

三月十三日、十四日、十五日略
三月十六日（金）晴　午前九時ロスアンゼルス入港手続説明。船室内清掃、ロス寄港準備。午後六～七時衛生講話（船医）。ロス港内でバナナの皮などの芥《ごみ》を捨てると二千ドルの罰金を取られること、また移住者は入国査証を取得していないので上陸できないことを説明。

三月十七日（土）快晴波静　午前六時ロスアンゼルス入港。午前八時検疫官、移民官乗船。午前十時税関検査。午前十時半一般乗客下船。ロスアンゼルス市キリスト教連盟およびガールスカウトの少女たちが贈物を持参し移住者を訪問。私は在ロスアンゼルス総領事館に赴き、移住者輸送報告第一号を提出し、午後三時帰船した。午後四時ロス出港。

私は生まれて初めて外国の地を見たのがこのロスアンゼルスであった。船上から見た当時の印象は、ロス港周辺は一面の芝生が綺麗に手入れされ、所々に真新しい白壁の家がゆったりと建ち並び、何か御伽《おとぎ》の国のような美しさを感じた。

三月十八日（日）　晴　午前九時半船上運動会打ち合わせ。午後二時全員検眼。午後三時半家長単身者打ち合わせ座談会。午後六時半～八時全員座談会（子供は除く）。（急性虫垂炎十歳の女の子。六歳女の子水痘発病隔離）。

三月十九日（月）　晴　午前九時半伯国手荷物申告書記入要領説明　午後一時半「カトリック社会について」スイニー神父講話。午後七時三等映画会。（注）最近朝のラジオ体操参加者増加。また午後一時からの剣道、柔道参加者も盛況になった。

三月二十日（火）　晴　午後三時船医の「衛生講話」に続き水痘防止対策打ち合わせ。午後六時盆踊大会。船側の用意した浴衣を着て一同ご満悦。

三月二十二日（木）　晴　午前九時～午後三時船内大運動会　十七種目を午前と午後二回実施。一、二等船客も参加し各人二種目出場。元気一杯和気あいあい楽しく過ごした。

三月二十四日（土）　晴　船内見学（全員）。パナマ運河説明、クリストバル港上陸時の注意事項説明。午後赤道祭打ち合わせ。夜午後七時から座談会（自己紹介）これまで他の船では移住者と船側、監督側との間でトラブルが発生することが多かったが、本船は思ったより皆穏やかで楽しい航海を続けてきた。これから先下船するまで平穏無事、楽しい航海であることを願い、移住者に自己紹介を兼ね移住の抱負を語っていただいた。皆立派な抱負を力説して下さり嬉しかった。下船するまで毎夜座談会を続けることに決めた。

三月二十五日（日）　晴　午前六時パナマ運河通過開始。同十一時クリストバル着。午後一時上陸許可。同六時帰船。同八時同港出港。

パナマ運河はロック式といって、六つのロックがあり海から運河に入った船を水門で閉じ、水を注ぎ船を持ち上げ、船がもう一方のロックに行くと船を海面まで降ろす仕組みである。一日に五十隻前後の船が通過するが六十隻が限度だという。パナマ運河は一九二〇年に運行開始され、通過できる船は幅三十三メートル、長さ三百三十メートルまでで、それ以上大きい船は通れない。

私たちの乗ったぶらじる丸は、パナマ運河を通過し大西洋岸の港クリストバルに停泊した。同港は移住者が横浜港を出港して、二十三日ぶりに初めて上陸する港であり、皆嬉々《きき》として連れ立って上陸した。道端には黒人系の若者がうろうろしており気味が悪いが、異国情緒を感じながら街を散策した。バナナが安いのでバナナを買って船に帰る人が多い。初めて地に足を着いて歩いた移住者たちは、一様にほっとしたようである。私はワニの剥製《はくせい》二匹（当時は合法）と半袖シャツ一枚を購入した。

三月二十六日（月）　晴　午前十時赤道祭打ち合わせ。午後三時赤道祭稽古開始。赤道祭は四月三日船が赤道を通過する際に乗船者が行う最大の行事であり、移住者が龍王や女神を決め、練習に励んでいる風景は何とも微笑《ほほえ》ましい。（眼科治療者三十五名。水痘二名完治退室）。

三月二十七日（火）　晴　午後五時船はオランダ領キュラサオに入港。同七時上陸許可。小綺麗な港町で、人影も疎《まば》らであった。美酒キュラサオを購入した。

三月二十八日（水）　晴　午前四時キュラサオ出港。同十時ヴェネズエラ国内事情とラ・ガイラ港上陸時の注意事項について移住者に説明。午後二時ラ・ガイラ入港。同四時上陸許可。私は在ヴェネズエラ日本大使館に赴き移住者輸送報告第二号を提出。その後ボリバール記念像や軍人会館等カラカス市内を見物した。

ヴェネズエラは、近年南米で唯一の産油国として栄え、そのため経済力も急速に増大し、スペイン植民地時代の古い建物を壊し、近代的なビルを次々と建てている。物価の高騰も激しく、他の南米諸国とは生活様式が異なるように思われる。ヴェネズエラの国名は小さいヴェニスから名づけられたという。この国の移民法は白人以外の移民を認めていないが、一年以上滞在すると永住権を申請できるので近年日本人の移住者も少しずつ増えている。

三月二十九日（木）　晴　午前六時ラ・ガイラ出港。午後一時「南米事情その一」松本助監督。同七時三等映画会。（十三歳の男子神経衰弱で入室。眼科治療三十名）。

三月三十日（金）　晴風強し　午前九時半船長船内巡視（監督同行）。午後一時半防火端艇《たんてい》訓練（全員）。同六時半「南米事情その二（ブラジル社会）」瀬戸口健氏。

三月三十一日（土）　晴波高し　これまで晴天に恵まれた航海であったが、昨日から少し荒模様の天候である。午前九時半ブラジル、アルゼンティン手荷物申告説明。午後七時盆踊り。

**船内赤道祭に参加した移住者の子供たちと若い人たち**
**ぶらじる丸の甲板にて**

四月一日、二日略。
四月三日（火）　快晴　午前九時半赤道祭準備。午後一時半～三時赤道祭。同三時～四時半仮装行列。同七時～九時盆踊大会。同九時～九時半赤道祭関係者打ち上げ乾杯。

待ちに待った赤道祭は、船側が衣装や小道具等すべて準備して下さり、お祭りのストーリーも指導していただき、日頃の練習の成果もあり大変好評であった。子供たちは大喜びで、特に花嫁さんたちの仮装行列は見物《みもの》であった。

花嫁さんたちは船内新聞にも積極的に投稿し、その文面は夢と希望に充ち溢れていた。写真お見合いだけで決めた人がほとんどであるが、彼女らは茅ヶ崎市にある国際女子研修センターを修了した人たちで、同所で一定期間寝泊まりし、移住先国の事情や花嫁として必要な研修、料理の教育を受け、一通りの教育を受けた人たちである。同研修センターは移住者の成功と花嫁の幸福を願い篤志家小南みよ子氏により設立運営されている学校である。

四月四日（水） 晴 午前中船内大掃除。午後船医検診。同七時福引納涼盆踊大会。

四月五日（木） 晴 午前九時半船内学校閉校式。午後ブラジル入国手続説明。同七時映画会。

四月六日（金） 晴 午後三時各班世話人会解散。役員の方々は本当によくご協力して下さり、楽しく充実した航海ができたことを心より感謝した。同七時謝恩パーティー。極めて盛況であった。

四月七日（土） 晴 午後十時リオ・デ・ジャネイロ港外投鎖。世界の三大美港の一つと言われるリオの夜景はすばらしい限りである。海岸に林立する美しいビル群。その後方の山々は絵のようであった。当時この繁栄したリオの街には日本人はまだわずかしか住んでいない。日本人の南米移住は欧米諸国に比し百年遅れていると言われる。移住者は今は奥地にしか移住できないが、いずれ成功し、このリオの近代的ビル群にも住むようになるだろうと思った。

四月八日（日） 晴 午前五時リオ・デ・ジャネイロ入港。同六時検疫。八時税関。九時上陸。移住者五家族二十名、単身八名下船。ほとんど課税されることなく無事上陸し、海協連大谷支部長その他の出迎えを受け、別れの手を振り、それぞれ近郊の移住地へと向かった。私は来訪の在ブラジル大使館河面書記官に同行し、大使館へ赴き輸送報告書第三号を提出した。

同館で現地事情の説明を受け、リオ市内を見学した後午後四時帰船した。同六時リオ出港。

四月九日（月）　晴一時雨　午前五時サントス港外で検疫官乗船。同八時サントス港接岸。午後二時移住者下船開始。同三時税関検査開始。同八時検査終了。サントス下船移住者は四十五家族百六十二名、単身四十六名、合計二百八名であり、花嫁二十三名全員が下船した。移住者は税関検査終了後、海協連職員、移住振興会社、コチア産業組合、拓殖農協連その他それぞれの出迎人に付き添われ全員異常なく落ち着き先へ向かった。税関の課税状況は妥当なもので不当を申し出る者はいなかった。

三月二日神戸出航以来四月九日ブラジル・サントス港着まで四十日間（三月九日日付変更線通過のため一日追加）、同じぶらじる丸に乗り合わせ、大海原を来る日も来る日も海の上で過ごし、連日のように船中行事を楽しく過ごし、数々の思い出を残し気心が通じ合う仲となったが、いよいよ別れることになり万感胸に迫るものがある。移住者たちはまた逢う日までと励まし合いそれぞれの受入先へ向かった。サントス港で大半の移住者が下船したので船の中は急に淋しくなった。

ブラジルは昭和五十八年の統計によると戦後移住者約六万九千人、長期滞在および永住者約十三万人、帰化一世および二、三世約七十万人、合計約八十九万九千人の日系人が住んでいるが、現在ブラジルの日系人は百九十万人と言われ、その八十五パーセントはサン・パウロ州に、次にパラナ州十パーセント、その他五パーセントがゴヤス、ミナス、マット・グロッソ、リオ近郊に住んでいる。海外の日系人約三百八十万人と言われる現在、その半数以上がブラジルに住んでいる訳である。平成三十年ブラジル移住百十周年記念式典が行われるなど現在日本との関係は友好的で緊密な関係にある。戦後移住者が入植したブラジルの移住地は事業団直営八箇所を含め合計四十二箇所であるが、戦前からの移住者やその子孫の入植移住地は約千五百区以上と言われ、その所有土地面積は約二百五十万町歩で日本全国の耕地面積の半分以上と言われている。ただブラジルの国土は日本の二十三倍の広さ、まだまだ発展の余地はある。日系人の主要農業生産額はブラジルの全生産額のうち、コーヒー三十パーセント、野菜類七十パーセント、果樹四十パーセント、ジュート八十パーセント、胡椒九十パーセント、養鶏九十パーセント、養蚕九十パーセントとなっている。以上はサン・パウロ伯国農村協会一九六〇年の資料であるが、ブラジル農業生産において日系人の活躍は目覚ましいものがある。ただこのように発展するまでには移住者の並々ならぬ苦闘があったことも事実である。

四月十日（火）　晴　午前九時サントス移民の家見学。同十一時来訪の串田領事の車でブラジル最大の都市サンパウロ市へ。午後三時サンパウロ総領事館訪問輸送報告書第四号提出。同五時海協連大沢支部長主催夕食会に出席。

四月十一日（水）　晴　午前十一時サンパウロ総領事館へ。午後一時総領事館員、海協連職員と昼食会。サンパウロ市見学。ブラジルは日本の二十三倍の広さで日本とは反対の四季であるが、熱帯、亜熱帯、温帯にまたがっており、サンパウロ市は世界の健康地と言われる位凌ぎやすく、近代化された都市である。

四月十二日（木）　晴　午前四時サントス出港。同十時移住者にリオ・グランテ入国手続を説明。

四月十三日（金）　午前十時船医一斉検眼。午後六時リオ・グランデ港接岸。同八時検疫、入国手続、税関検査、同十二時終了。課税された者なし。

四月十四日（土）　午前五時移住者下船。八家族三十二名、単身三名、計三十五名。移住先は主にポルトアレグレ近郊の分益農および近親呼寄であった。同六時リオ・グランデ出港。

四月十五日（日）　晴　午前六時アルゼンティン・ブエノスアイレス入港（最終目的地）。神戸を出港して四十五日間の航海であった。午前九時移住者下船、最後の移住者パラグァイ行き十二家族四十八名が下船し、税関検査終了後移住振興会社支部の用意した宿泊施設へ向かう（二泊）。

四月十六日（月）　晴　アルゼンティン大使館に輸送報告書第五号提出。市内見物。当時のブエノスアイレスは夢のように美しかった。

四月十七日（火）　晴　午後六時半ブエノス発ポサーダス行の国際列車に移住者と共に搭乗した。私たちを乗せた列車は丸二日パンパの大平原を北へ北へと走ったがまったく山が見えず、見渡す限り緑の牧場地帯である。一町歩牛一頭と言われる位広漠とした大平原である。

景色はすばらしいが、寝台車とは名ばかりで、ひどく硬い牛皮の長椅子があるのみで、列車は縦、横に激しく揺れるためうとうとと過ごした。移住者たちは持参した板と毛布で横になるスペースを作り仮眠を取っていた。

四月十九日（木）　晴　午前七時列車はパラグァイ対岸の終着駅ポサーダスに着き、そこから連絡船でパラナ河を渡りバス一台、トラック二台でエンカルナシオンへ向かった。同九時半同市着。移住者は一様にほっとした気持ちで海協連収容所に落ち着いた（同十時）。神戸を出港し、太平洋を渡り来る日も来る日も海の上、そして大西洋を南下し最終港ブエノスアイレスに上陸。ブエノスから列車に乗り丸二日走り続け、アルトパラナ移住地に全員無事到着することができた。四十九日間の長い旅であった。

船旅は順調で特にトラブルもなく楽しく過ごしたように思う。ぶらじる丸は移住船の中でも大きい船で、乗船する移住者も多くトラブルを起こすことでも知られていた。しかし今回極めて平穏無事な航海であったことは幸いであった。そういえばサンパウロの日本人会の役員の方が、まったくトラブルもなく船が着いたことで監督に感謝状を贈ろうかと協議したことを話していた。また、いつも批判的なサンパウロ新聞の見出しは「天気晴朗にして波静か、今回の航海は皆平穏で」と報じていた。他の邦人紙二紙も同様の記事であった。当時は日本国内もそうであったが、何かと行政を批判する風潮で、移住船のトラブルは現地では格好の取材対象であった。つい最近でもぶらじる丸で移住者が騒ぎ、監督を海へ投げ込むと脅迫し、監督が一週間も部屋から出られなかった事件があった。そのようなことを思うと今回は誠に恵まれていたと言える。実は単身移住者の中に自衛隊出身者がいて、彼が何事にも率先して積極的に協力し、他の移住者も彼に見習い協力してくれたことが幸いしたと思われる。

また、船中の夜の座談会において一人ずつ自己紹介を兼ね移住先での抱負を語っていただいたことも良かったと思う。監督の中には小さなことまで船長に要請し、船側を困らせた人もいたが、船長は船の安全運行という大きな任務があるので、移住者のことで思い煩わせない方が得策と考えた。お陰で天気晴朗にして波静かな恵まれた航海であった。

**パラグァイ・アルトパラナ移住地集会所前にて**

四月二十日（金）　晴　午前アルトパラナ移住振興会社石橋氏、木戸氏から移住地の説明を受ける（木戸氏は引揚調査室時代の旧知の仲で再会を喜び合った）。午後チャベス、フラム、アルトパラナ移住地視察。振興会社寮に宿泊。

四月二十一日（土）　晴　午前振興会社および海協連事務所にて打ち合わせ。午後アルトパラナ、サンタローサ、フラム視察。フラム農地試験場に宿泊。

四月二十二日（日）　晴　午前アルトパラナ日本人小学校（三校）、教員宿舎、診療所、中央公民館等視察。午後富士農協、サンタローサ農協、ラパス農協、フラム中学校、診療所等視察。アルトパラナ来賓者用宿舎に宿泊（名前は立派だが風呂は屋外にバラック小屋を建てドラム缶風呂であった）。

パラグァイは内陸国で東にブラジル、南と西にアルゼンティン、北にボリヴィアに囲まれた国で、日本より少し大きいが、人口わずか二百五十万人（一九七七年、二〇一六年時点は六百八十五万人に増加）。国土の大部分は平坦で、平均気温は二十三度。冬がないので年中暑く感ずるが、雨量は七百から千七百ミリメートルと農業には最適の降雨量と言われている。産業は農、牧、林業が主である。住民はスペイン系の子孫と原住民ガラニー族との混血が大多数を占めている。

パラグァイへの日本人移住は戦前昭和十一年ラ・コルメーナに自作農経営として約百二十戸入植したのが始まりで、戦後は混合植民地チャベスに約百三十戸入植し、次いで移住振興会社が土地を造成、分譲したフラム（約二百戸）およびアルトパラナ（約三百戸）がある。また移住事業団造成のイグアス移住地（約二百三十戸）、さらにはアメリカ経済振興会社と雇用契約を結びアマンバイのコーヒー農園に入植した百五十四戸等である。

主作物は大豆、養蚕、油桐、トウモロコシ等であるが、近年大規模機械化による大豆栽培（裏作小麦）により順調な営農を行っている。特に農協組織が整備され良い成果を上げていると言われている。

四月二十三日（月）　晴　午前中海協連寺田氏の車に同乗しフラム、チャベスを回りエンカルナシオン着、昼食。午後二時同地空港発、同三時半アスンション着。同四時在パラグァイ日本大使館へ。津田大使に輸送報告書第六号提出。夕食会出席。

四月二十四、二十五日とパラグァイの首都アスンションに滞在し、一日目は大使館においてパラグァイの政情や経済、移住地の現状、また今後の有望入植地等の話を伺った。翌日は移住事業団管理のイグアス移住地（二百三十戸）を視察した。同移住地は有名なイグアスの滝の近くにありよく整備されていた。

日本とパラグァイの移住協定は、昭和三十四年に結ばれ同年十月に発効している。協定が締結された経緯は、パラグァイはラプラタ川に浮かべる船がなく、アルゼンティンの船に多額の運賃を払い農産物を輸出しているが、日本から千トン級の船十隻を有償供与してもらい、その代償として移住者十五万人を三十年間内に受け入れるというのが発端であった。

戦後パラグァイへの移住者は九千百三十六名（昭和五十七年時点）であるが、戦前の移住者および二、三世を含めると日系人は約三万人以上と推定される。

四月二十六日　午前七時アスンシオン水上飛行場にて飛行艇に搭乗。ブエノスアイレスへ向かう。パラナ川上空を飛行するが揺れが激しい、気象の関係だろうか。地上は見渡す限りのパンパの大草原で、ぽつんぽつんと小さな森林があり、ところどころに牧場が見られる。民家はほとんど見られず、手をつけていない草原がどこまでも続いている。なお鉄道や道路も見られないのが不思議である。

アルゼンティンは日本の国土の約八倍の広さであるが総人口二千六百万人（一九七八年）であるが、大土地所有制度で約百年前に移住したスペイン人が土地を分割し、所有者は決まっているが長い間ヨーロッパ人以外の計画移住は認めなかった。そのため開発が遅れていると言われている。

日本人は南米諸国からこの国に憧れて移住した人たちやそれらの呼寄で約一万五千人が住んでいる。この人たちが組織したアルゼンティン拓殖共同組合は同国政府と交渉し、昭和三十二年度より五年間に四百家族の入国許可を得、移住者を募集し始めた（当時）。

日本とアルゼンティンの移住協定は昭和三十六年締結し、同三十八年五月に発効したが、まだその頃はブエノス近郊に大規模移住地を造成するまでには至っておらず、遠く離れたアンデス山脈の麓、メンドサ州に入植地を造成するような状況であった。ブエノス近郊の日本人移住者は、花卉《かき》栽培と一部野菜栽培であるが約五百家族（当時）で、それらの移住者の雇用呼寄が主であった。その後移住事業団が資金を貸しつけ、農地購入、営農指導等の援助を行い移住者の自立支援を図っていた。

アルゼンティンの人は人を訪問する時、バラやカーネイション等の花を手土産に持参する習慣がある。その花を栽培しているのが主に日本人移住者であった。

戦後アルゼンティンに移住した人は九千八百二十八人（昭和五十九年時点）で、長期滞在八百四十人、永住者一万五千百十三人、帰化一世および二、三世一万六千百人となっている（同五十五年時点)。

私は四月二十七日夕方ブエノスを発ってブラジル南部ポルト・アレグレへ着いた。翌日近郊の大規模米作地帯を視察した。当時広大な米作地帯は外国人が耕作しており、日本人移住者は大豆、野菜等の自営農かブラジル人の分益農として働いていた。分益農とは地主から一定の土地を預かり収益を地主と分け合うもので、いずれ独立して自営農となる移住者である。

四月二十九日　今日は天皇誕生日、即ち日本のナショナルデーで、ポルト・アレグレ山川総領事は公邸に要人や在留邦人を招待しており、私も祝賀会に出席した。

四月三十日　ポルト・アレグレのバスターミナルからバスに乗りサンタ・マリアに向かった。小川には橋がなく、道は舗装されておらず、車内は暑く約七時間のバス旅行には閉口《へいこう》した。同地の日本人会長でレストラン経営の木村氏宅に宿泊する(二泊)。

サンタ・マリアの日本人は戦前サン・パウロ州でコーヒー園コロノを終えた人たち約五十家族が海外興業の世話で入植し、自営業として軌道に乗ったところ第二次世界大戦が勃発し、ある人は収容され、ある人は土地分譲を受けられなくなる等苦労された。その上ブラジル全土で広がった勝ち組、負け組の抗争で、日本人同士が戦後長い間争うことになり、その痼り《しこ》は今も残っているという。

木村氏は当時勝ち組の大将と言われ、日本は戦争に負ける訳がないと主張する勝ち組で、当時ブラジルは日本に宣戦布告していたので、同氏は監獄に収容され酷い拷問を受けたという。その頃生まれた二男はどんなに辛くとも泣き言を言わない子供が生まれたと、その頃のことを感慨深く語ってくれた。

五月一日　サンタ・マリアには戦前、戦後の移住者合わせて二百家族ばかり住んでいた。今回ぶらじる丸の移住者八家族も加わり、この日は同市日本人会大運動会が行われ私も参加した。広々とした野原で、手作りの弁当持参し、思い思いのグループを組んで召し上がる光景は、東北の田舎にいるような感じである。開会に先立ち挨拶したが、皆和気あいあいとし和《なご》やかな運動会であった。

五月二日　サンタ・マリア発ポルト・アレグレ帰着。山川総領事公邸で晩餐《ばんさん》会。

五月三日　山川総領事、移住事業団支部長と昼食会。ポルト・アレグレの状況、入植地事情等を伺う。当地リオ・グランデ・ド・スール州は日本の九州の気候と略同じで、土壌は肥沃であり何でもできるとのことで、多角的な農業も可能であり将来有望な移住地であると力説していた。

五月四日　早朝ポルト・アレグレ発サン・パウロへ向かう。サン・パウロ総領事館訪問。

五月五日　午前八時パウリスタ線展望車でサン・パウロ発午後三時グアタパラ着。展望車の車内はゆったりした回転椅子が二列に並んだ豪華なものであった。今回グアタパラ行きには全国拓殖農協連合会副会長平川守氏（元農林次官）。とパウリスタ新聞田村記者の両名と御

**海外協会連合会、日伯協会関係者と「ぶらじる丸」甲板にて**
**左端が著者**

一緒することになった。

グアタパラ移住地はサン・パウロ市から国道で約三百キロメートルと近郊にあり、全面積約七千アルケールの大コーヒー耕地であった。その約半分を全拓連が買収し、いわば農林省肝煎りの移住地で、外務省の人間がまだ誰も来ていないという。低湿地帯は河川の氾濫を受けやすく、台地の方は地味も劣り半ば荒廃していると言われていたが、低湿地に灌漑用水路を設け、排水用ポンプを設置する等日本式に改良すれば準近郊農地として有望であることが確認され、日本の農業技術進出のテストケースになると言われていた。最近日本から大型ポンプ二基を取り寄せ設置したばかりであった。平川氏はブラジル人が半ば放置したこのコーヒー耕地を改良し、低地では水稲、馬鈴薯、野菜等を生産し、台地は果樹園と養鶏等の集約経営が有望だと語っていた。

五月六日　午前中グアタパラ移住地を視察。農業開発に意欲ある移住者の話を伺い、この移住地の発展に期待を寄せた。午後グアタパラ発夜サン・パウロ着。

五月七日から九日までサン・パウロ市に滞在し、ＪＡＭＩＣ移植民有限持分会社（日本海外協会連合会支部）、ＪＥＭＩＳ金融援助株式会社（海外移住振興会社支部）、日伯援護協会、同協会付属診療所、コチヤ産業組合、技術移住者協会等を訪問した。また日本人街（東洋人街）等を見学した。サン・パウロ市はブラジル第一の都会であり、当時人口五百万人、同市の日系人約五十万人（当時）であり約一割は日系人であった。日本人街を歩いて見てもほとんど日系二世、三世と思われる人たちであった。当時でも連邦議会議員、市長、弁護士、公務員、教職員等の要職に多数の日系人が就いていていた。

ブラジルへの日本人移住は、明治四十一年六月十八日笠戸丸（日露戦争で日本が拿捕した船）が七百八十一名の移住者を乗せサントス港に入港したのに始まり、以来五十余年、第一次および第二次世界大戦を経て、この間「外国移民二分制限」等もあったが、昭和三十五年までに約二十二万六千四百人（戦前約十八万九千人、戦後約三万七千四百人）に達している。日本人移住の最盛期は昭和八年および同九年であって、同年二万人を超え、それ以前も毎年一万人の移住者が渡っていた。戦後は昭和二十六年アマゾン移住者五十四人（渡航費支給）を最初とし、昭和三十五年までに中南部地方に約三万一千七百八十一人、北部アマゾンに五千六百六十三人、合計三万七千四百四十四人（渡航費支給）が移住し、この他自由渡航の移住者がブラジルへ多数移住している。

## 二十、ブラジルの大地

戦後の海外移住は、昭和二十六年ブラジル近親呼寄移住で始まり同年に約百人、二十七年には約千人が自費渡航している。

計画移住は、昭和二十七年から始まったが、その導入許可の基となったのは昭和二十六年アマゾニア産業研究所理事長であった衆議院議員上塚司が、バルガス大統領から日本人の北伯移住の許可を得、同氏の代理人でパラナ州在住の辻小太郎氏がブラジル移植民院との取極で、北伯アマゾン流域に五千家族の導入許可（辻枠）を取得したのが始まりである。その枠を使用し昭和二十七年アマゾナス州へ十七家族が移住したのが最初であった。またコーヒー栽培で成功したサンパウロ州在住の松原安太郎が、昭和二十八年中伯に四千家族（松原枠）の導入許可を得、さらに昭和二十九年パウリスタ養蚕協会が二千家族、その後さらに五百家族。また、昭和三十年コチヤ産業組合が千五百人さらに千五百人導入許可を得ている。

その他移住幹旋業者による指名呼寄移住、いわゆる南伯雇用等がある。以上のようにブラジル移住は、個人ないし民間団体の特許取得人（コンセッショナリオ）の導入枠を使用しブラジルへの移住を行っていた。

日本政府は、移住者保護のため、あるいは移住政策として昭和三十五年ブラジルとの間に移住協定を締結し、以後民間による特許導入枠に代わり日伯移住協定に基づく計画移住が進められた。

日本国内の体制は、移住者送出中央機関として昭和二十九年一月日本海外協会連合会（略称、海協連）が設立され、また営農資金貸付、入植地の購入・造成・分譲の業務を取り扱う機関として、日本海外移住振興株式会社（略称、振興会社）が昭和三十年九月に設立された。この海協連のブラジルにおける現地法人として昭和三十一年六月に設立されたのがＪＡＭＩＣ移植民有限持分会社であり、また振興会社の現地法人として同年十一月に設立されたのがＪＥＭＩＳ金融援助株式会社である。ブラジルの法律では日本政府の出先機関なり民間企業の営業は禁止されていたため、現地法人を設立した訳であるが、このＪＡＭＩＣ、ＪＥＭＩＳがブラジルにおいて果たした役割は多大なものがあった。

その後わが国の移住行政を一本化する必要から、昭和三十八年七月海協連および振興会社を統合し海外移住事業団が設立された。しかしこの頃海外移住は国内景気が良くなったこともあり減少傾向にあった。

さらに、昭和四十九年八月移住事業団と技術協力事業団を統合整備し国際協力事業団（ＪＩＣＡ）が誕生した。

ＪＩＣＡのブラジル現地支部であるＪＡＭＩＣおよびＪＥＩＭＳのリオ、サンパウロ、レシーフェ、ポルトアレグレの各支部が関与乃至は管理した移住地は、ブラジル連邦および州政府移住地並びに日系人団体等入植地三十四ヶ所、またＪＩＣＡ直営移住地八ヶ所合計四十二ヶ所に上っている。その代表的移住地は第二トメアス、フンシャール、バルゼア・アレグレ、グァタパラ、ピニヤール、ジャカレイの各移住地でこれらＪＩＣＡ直営移住地の総面積は七万二千四百二十八ヘクタールと広大なものである。ＪＩＣＡがこれら移住地の援護のために行った事業（営農、教育、医療、試験場建設、移住地インフラ整備等）は極めて多大なものであった。

　このように大きな業績を残したＪＡＭＩＣ、ＪＥＭＩＳも二十五年間にわたる業務に幕を引き昭和五十六年九月解散した。ＪＡＭＩＣ、ＪＥＭＩＳは、ブラジルの国内法に基づき現地法

**移住地運動会開催前の挨拶**
**ブラジル・サンタマリア市にて**

**ブラジル・リオジャネイロ**
**コパカバーナ海岸**

人として合法的に設立し形式的には何ら問題はないが、実質的には日本政府の出先のような機関であることが、ブラジルの法律に違反すると指摘され解散に追い込まれた。これまでの設立経緯を知っている者からすれば、解散までしなくても組織を改めるとか何か他に方法があったのではないかとの意見がある。

しかし、その頃日本は経済的に高度成長し、世界第二位の経済大国として発展途上国（中国や韓国も含む）に対し、無償および有償資金協力を不断に散蒔《ばらま》き、経済、技術協力を拡大していた時代である。多くの民間企業やJICA派遣の専門家、技術者が大勢海外に派遣されていた時代、逆に移住者は極端に減少していた。そのような状況下、JAMIC、JEMISの閉鎖はやむを得ないものと思われた。

昭和五十六年五月私はウルグァイ、キューバ勤務を終えて移住課に配属になり、主な担当はブラジルであった。その頃JAMIC、JEMISの解散問題があり、ブラジル移住の取り扱いやJICA直営移住地の管理運営、特に移住地の農業試験場、診療所、学校などの付属施設の運営をどのように維持するのかが当面の問題であった。それらの施設は予算措置で建てたものであり、また国外の移住地ということから特別な取扱いになるが、大蔵省（当時）の判断に従うべきと考え、大蔵省理財局徳河課長補佐およびJICA細川課長と私の三人でブラジルへ出張し、直営移住地その他を視察し、今後の管理運営の在り方や処分につき検討した。その結果各移住地の付属施設については移住者の自治組織に管理運営を移管することを原則とし、牧場などは適正価格にて移住者に払い下げることが望ましいという判断であった。

また、これまでＪＡＭＩＣの行っていた農業移住者導入業務は、サンパウロ州農業拓殖協同組合中央会（略称、農拓協）が、工業移住者についてはブラジル工業移住者協会が引き継ぐことになり、このため農拓協は、組織、機構の拡充、定款の改正など全伯的な引き受け態勢の強化に努めることになった。また工業移住者協会も業務受託の組織づくりを始めた。

なお、導入業務以外のＪＡＭＩＣが行っていた医療衛生および教育文化業務は、サンパウロ日伯援護協会他八団体が同業務を受託することに決まった。

ＪＡＭＩＣが導入したブラジル移住者総数五万三千二十七名（昭和五十六年三月時点）。ＪＥＭＩＳが昭和三十一～五十五年間現地貸付金等融資事業に支出した額は、合計六十七億二千万円余に上っている。

戦後日本政府による海外移住は、昭和二十七年再開以来約三十年、移住事業は政府およびその代行機関によって行われてきた。その移住事業の約八割はブラジル移住であった。その移住者導入および現地援護は民間団体に移行され、業務を引き継いだ農拓協が今後どのように移住業務を推進して行くのか、移住者が減少した状況で、政府なり事業団が行い得なかったきめ細かい移住者援護業務を期待し、農拓協その他の受け入れ団体が、その機能を充分発揮できるよう援助する必要があると思われる。

## 二十一、ボリヴィアの開拓

さて、私は昭和三十七年五月十日早朝、サンパウロ発クルゼイロ機でボリヴィア国サンタクルス市へ向け飛び立った。途中カンポグランデ、コルンバを経由しサンタクルスに着いたのが午後六時であった。その日は同市に宿泊。翌十一日海協連支部職員と共にサンファン移住地へ向かった。

サンファン移住地はサンタクルス市からモンテーロ市までの五十三キロは米国の援助で造成した巾員十五メートルの舗装道路があり、同市から入植地入口まで七十キロは砂利舗装で計百二十三キロの所に同移住地はあった。

モンテーロ市からサンファン移住地とは反対に東の方へ四十キロ行った所には沖縄移住地がある。総面積約一万ヘクタールで、一戸当たり五十ヘクタールである。この沖縄移住地は、アメリカの沖縄駐留軍が島民の土地を取り上げた代替として、昭和二十九年から三年間にわたり米国国防省が計画し、入植したものである。農耕用機械類など手厚く援助したと言われている。ただ入植間もない頃原因不明の熱病に襲われ、十六人が死亡するなど当初は苦労されたようである。

モンテーロ市には大製糖工場があり、それに関連し昭和三十年七月西川製糖移住者導入計画に基づき、砂糖キビ栽培の十六家族八十七名が入植した。しかしその後、西川計画は立ち消えとなっている。

昭和三十一年八月、日本ボリヴィア移住協定が結ばれ、第一次移住者二十五家族百五十七名がサンファンに入植し、昭和三十七年五月時点第十三次までに二百二十九家族千二百七十四名が同移住地に入植した。近日中に第十四次十八家族九十八名が到着する予定とのことであった。

移住協定では五年間に千家族六千人の入植計画であり、受入条件は一家族当たり五十町歩を無償で供与し、保障条件はボリヴィア人と同等に優遇するものであった。日本人が入植したサンファン地域は、全地区に渡り高さ二十乃至二十五メートルの原始林の樹木が鬱蒼と茂っていた。地質は冲積層台地であり森林を伐採し、焼畑にすれば農業に適した土壌であるという。ただこの太い樹木を伐採する作業は大変なことと思われたが、すでに入植した地区は森林の半分位伐採されていた。雨量は日本と大差なく、年間の平均気温二十四度であり、日本より少し暑いが冬がないので案外住みやすいという。最大の難点は南米大陸の中央部に位置し、交通的に孤立していることであった。しかし当時から五十五年経過した現在、状況は変わっていると想像する。

首都ラパス市のある西部地域は、アンデス山脈の高山地帯で、標高平均四千メートルの高原となっており、空気が希薄で雨量も少なく乾燥が激しい。しかしサンタクルスのある東部地方は、標高二百乃至五百メートルと低く熱帯的気候であり、農耕に適していると言われている。

ボリヴィアはわが国の三倍の面積で人口は約四百万人(昭和三十五年当時。現在は千八十三万人)住民の多くは西部山岳高原地帯に住んでいる。東部低地帯はボリヴィア全土の七割を占め、雨量も多く熱帯的で、農業の生産性も高いと言われているが、ほとんど開発が行われていない。ボリヴィア政府は、低地帯開発のため屯田兵制度で兵士に農耕作業を行わせ、満期除隊後は各自の手がけた耕地を供与し、農民として定着させる政策で一定の成果を上げているが、原住民は温度の高い低地帯に住むことを嫌い、高原地帯へ逃げ帰る者が多いという。そのような事情からボリヴィア政府は米国の援助を受け道路を整備する一方、外国移民の受け入れに積極的であり、ヨーロッパ系移民の受け入れ計画もあるが、入植者数においては沖縄、次いでサンファンの日本人が多いと言われていた(当時)。

サンファン移住地の総面積三万五千町歩、内二万八千町歩は利用可能とされ、一戸当たり五十町歩で五百六十戸が入植可能であるが、当時は二百四十七戸(到着予定の十八戸を含む)が入植していた。移住地内の道路状況は、サンファン入口から地区北端三十キロ地点まで、地区の中央部を幹線道路が通じ、その道路に直行して二キロ間隔に支線道路が造られ、その路線の殆どを伐開後地肌に沿って整地し、側溝掘削土を路面に撒布し整形したもので、道路施工の工程から見れば荒通し完了の形であった。

なお排水については、系統だった排水工事はまだ行われておらず、側溝の整備も未完の状態で、早急に排水路の完備、橋梁の架設の必要があった。当時日本の新聞記事は「犬も通わぬサンファン」と絶望的な記事を書いたが、そのような悲観的な移住地ではないことは確かであった。ただボリヴィア人でも入らない密林に遠い国日本から来て開拓するのであるから大変なご苦労があることは確かである。

サンファン移住地一日目は、車で概略見て回ったが、何しろ広い、一戸当たり五十町歩の道路に面した所に、ポツンポツンと家が建ち、家はまだ完全なものではないが、家の周りの森林は伐採され、陸稲や野菜が栽培されていた。五十町歩を完全に開墾するには年月を要すると思われるが、完成した暁には広大な農場が出現すると予想された。その夜は移住地中心部の来客用宿舎に宿泊した。

五月十二日は移住地中心部に建てられている海協連事務所、土木事務所、農業試験所、中学・高等学校および寄宿舎、病院等を見学した。中学。高等学校は昨年開校したばかりであったが、寄宿舎と共に立派な赤レンガ造りであった。小学校は各地区毎に一校ずつ計五校あるが、いずれも屋根は椰子の葉で造られた掘立小屋であった。私が感心したのは入植間もなく、森林伐採など猫の手も借りたい位忙しいのに、学校を作り、また子弟を寄宿させ子供たちを勉強させていることである。先生はボリヴィア人教師と移住者の中からお願いし、教科書は大使館経由海外子女教育財団から送付していただいているとのことであった。

五月十三日滞在三日目。サンファン移住地自警団の会合に出席した。先月二十九日午後八時、同移住地で初めての強盗殺人事件が発生し、福島県出身の浅沼力夫氏（三十九歳）ご夫妻が殺害されるという極めて痛ましい事件が発生した。犯人は逮捕されたが、主犯は浅沼氏が使用中の労働者三十歳で、他の三人は十八歳前後の現地人四人組であった。開拓作業に忙しく、自警について手が回らない中での事件であり、今後の対策につき話し合いがなされた。移住地内に警察官が駐在できるよう駐在所を建てること。不審な者に気づいたら情報を伝えることなど話し合った。そして外国に住んでいるという警戒心を常に意識すること、また、森林の伐採や土木事業に現地人を使用しており、現地人に隙を見せないよう、また反感を買うことがないよう心がけることが必要であることなどを話し合った。なおこの事件を機にその年の六月にサンタクルスに領事館事務所が開設され、横山領事が着任された。

五月十四日滞在四日目　農業試験所に寺神戸所長や農協幹部が集まり、将来標準的営農規模について協議することで出席した。

永年性作物としてはカカオ、コーヒー、果樹等で茶や胡椒も可能性がある。一年性作物としては陸稲、とうもろこし、甘藷、また大豆、落花生、ごま等も有望であると説明していた。一戸当たりの営農規模としては、主穀二十町歩、雑作三、果樹七、牧場十、薪炭林二、宅地一、防風林四、道路排水路一、未利用地二、計五十町歩、家畜は牛四十頭、馬一頭が標準的な営農規模であり、将来的には農耕機械を投入し、大農方式に切り換えることを話し合われていた。

午後サンファンを発ってサンタクルス着。海協連末次支部長、振興会社職員と懇談。ホテルサンタクルスに宿泊する。

五月十五日サンタクルス発ロイド・ボリヴィアノ機にてラパス着。エル・アルト国際空港は世界一高い空港で、標高四千八十二メートル、富士山より高い。空港に降り立つとヒヤッとした寒気を感じ、空気の希薄さと紫外線の強さを感じた。地の果てラパスへ来たような趣である。空港から眼下を見渡せば、亜土塀《あどべい》とトタン屋根の家々。そして市の中心部には近代的ビル群。遥か北アンデスの山々の向こうには、万年雪に覆われたイリマニ山が一望のもとに眺められた。このような高山地帯の渓谷に一大都市が存在するのも不思議である。日本大使館は市の中心部標高三千六百メートルの所にあった。大使館を訪問し、川崎大使にご報告の後、簡単に市内見物。夜は関口書記官宅にて御馳走になる。ホテルラパスに泊まったが、夜分の冷え込みと乾燥は激しく、空気が希薄なので（地上の六十％）息苦しいことは確かである。

私は五年後、このラパスにある日本大使館に勤務することになるが、ラパス在留日本人は百八十三人（昭和三十六年時点）であり、市の中心街目抜き通りに、レストラン、金物店、雑貨店、ビリヤード、貿易商など堂々たる店を経営していた。戦後間もない頃、他の中南米諸国では日本人はまだそこまで地位が上がっていなかったが、ボリヴィアの日本人は中流以上の豊かな生活をしていた。ボリヴィア在留日本人は、当初ペルーへ移住し苦労した人たちで、その後アンデス山脈を越えて、アマゾンの上流リベラルタ付近でゴム採集に従事し、多額の資金を貯えて首都ラパスへ入った人たちであった。なお近郊で農業に従事した人たちも手広く営農していたと言われている。しかし、第二次大戦中は敵国人として収容されるなど苦労されたが、戦後再びいち早く復興できたのはほとんどの日本人がボリヴィア人の女性と結婚していたためであった。そういえば当時アルゼンティンやブラジルでは、在留邦人の話によると現地のラテン系の女性と結婚できる程日本人の地位はまだ上がっていないと言っていたことを思い出す。

五月十六日　午後ラパスを発ってペルー、リマ着。大使館訪問大使に御挨拶。夜、石田書記官他と会食。空気希薄なラパスからリマに降り立つと全身の血の巡りが良くなり、体が火照《ほて》るような感じで気持ち良い。リマ市でのペルー人の印象は、コロニア風の立派な家に住み、紳士気取りで東洋人を見下したところがあった。それはペルー人に限らず他の南米諸国でも同じように感じたが、昭和三十七年当時の日本はまだ経済的にもそれ程発展しておらず、また敗戦国民という卑下した意識もあり、卑屈になっていたこともあるが、ラテンアメリカ人は東洋人を馬鹿にしていたことは確かである。特に中国人に対しては下等な扱いをしていた。子供たちは東洋人を見ると「チーナ」（中国人）と言って見下した態度をしていた時代である。日本は欧米人に比較し百年遅れて南米移住を始めたこともあり、アマゾンやブラジルの奥地、またパラグァイの僻地に、移住地を見つけざるを得なかったが、それは遅れて南米へ来たばかりではなく、人種的差別がなかったとは言えない。ただ広大な野原に魅了《みりょう》され、僻地の開拓に黙々と勤《いそ》しむ日本人移住者の姿は、現地の人々に尊敬の念をもって見られていたことは確かである。事実、僻地では日本人移住者に対し一般的に非常に好意的な態度である。そのことは移住を進める上で極めて大切なことであった。ただ日本人移住者が開発した移住地の近辺に、おくれて韓国人が入植しトラブルを起こす例が多発していたが、迷惑なことであると思った。

なお南米諸国を回って在留邦人から聞いた話であるが、日本人は特別な目で見られているということであった。それはアメリカと戦争したことで、南米の人から見ればアメリカは途《と》轍《てつ》もなく巨大な国であり、そのアメリカに正面から堂々と戦争するなんて考えられない。それ自体が驚きであり、また称賛されるということであった。

五月十七日　大使館挨拶。天野博物館見学。天野芳太郎氏がペルーにて収集した貴重な考古学品の数々を拝見した。その多くはインカ時代の墳墓《ふんぼ》を掘り起こして発見したという。午後三時ブラニフ・インターナショナル機でリマを発ち、パナマに一泊し帰国の途に就いた。

思えば三月二日ぶらじる丸移住者輸送監督として神戸を出港し、四月十五日ブエノスアイレス着四十五日間の船旅。そしてアルゼンティン、パラグァイ、ブラジル（ポルトアレグレ、サンパウロ）、ボリヴィアの主要な移住地を視察し、七十八日間の海外出張も無事終了した。ぶらじる丸の船旅では、連日のように楽しい船中行事があり良い思い出となった。そして移住者をそれぞれの目的地へ無事送り届け、任務を果たすことが出来た。またアルトバラナ、ポルトアレグレ、グアタパラ、サンファンの各移住地の状況を視察し、現状を把握することが出来た。

今回、南米移住地を回って強く印象に残ったことは、広漠としたブラジルの原野に、またパラグァイやボリヴィアの未開地に、黙々と開拓に勤しむ移住者の姿であった。その姿はただ単に移住者個人の富や事業の拡充ばかりを求めて、汗水を流しているのではないと思う。人種や国境を越えて大自然の開発に挑み、移住先国へも立派に貢献しているという信念が、移住者の勤労意欲を強く支えているように思われた。

次の短歌は、妻郁子（故人）が折に触れ移住者を詠んだ歌の中から拾ったものである。

未開地に住み来し人の言い知れぬ
闘《たたかい》見るもこぶしたつ掌《て》に

萌《も》え出づる春なり大地生きづきて
みどりは緒土《つち》に廣がりゆくも

アンデスの嶺《ね》も富士の嶺《ね》も君が為
故国《ふるさと》ならむ移り住むとも

未開地に安住の地求めし同胞の
　昔を今にベニ川わたる

戦後の海外移住は、いわゆる新憲法で保障された人間の基本的人権として移住をとらえ、移住者の自由な意思によって、すなわち移住者個人の主観によって移住が決められているという基礎に立ち、国はその移住を助成し、援護するものであるとする考え方であった。しかし、そのような考え方は、移住者が移住先国の開発に寄与し、それが国際協力となり、あるいは両国の相互理解に貢献しているといういわば公的な効果を、過小評価しているきらいがある。

今や、開発途上国に対する経済援助や技術協力は、先進国の義務であるとされている。また、資源の多くを諸外国に依存しているわが国は、相互依存の立場からも、それらの国に対し積極的に貢献しなければならない。このように国際協力と相互依存の必要性が高まる中で、海外で活躍している移住者の存在と、その果たす役割は極めて大きいものがある。

## 二十二、移民小説「蒼氓《そうぼう》」と「二つの祖国」

私は南米移住船「ぶらじる丸」の輸送監督としての任務を終え、無事帰国し、再び神戸移住斡旋所の勤務に就くことになった。移住者と共に移住船に乗船し、船中生活を体験し、また移住地の現状を実際に見ることが出来、移住者送出の業務責任者として、今回の海外出張は移住者に説明する際極めて参考になった。移住斡旋所は単に海外移住を斡旋する施設ではなく、移住者に必要な移住先国の現状や受入機関、移住地の知識など、また語学の基礎を外部の講師を招き教える所であり、移住センターと改めた方が今の時代に合っていると思い、藤勝所長（当時）に進言したところ、同所長が本省に提言し、昭和三十七年九月「神戸移住センター」と改称することになった。

また、昭和三十八年七月念願の海外移住事業団法が国会で成立し、財団法人海外協会連合会および日本海外移住振興会社の権利義務のすべてを継承し、海外移住事業団が設立され、移住業務の一体化が図られた。それに伴い昭和三十九年十月移住センターは海外移住事業団へ移管されることになった。

移住者送出の体制は整ったが、日本の高度経済成長に伴い、昭和三十六年を境に移住者は下降に転じ減少することになる。そしてそれから十年後、昭和四十六年（一九七一）五月、神戸移住センターは海外移住の数々の歴史を残し、四十三年の歴史に幕を閉じ、閉館することになった。

神戸移住センターの歴史を振り返ると、昭和三年内務省社会局が、敷地を神戸市から無償借地し、本館五階建六百人収容の「移民収容所」として建設され、昭和四年拓務省に移管。

昭和五年三階建の別館を増設し、千三百人収容可能となった。昭和七年には「神戸移住教養所」と改称され、昭和十六年から終戦までの戦時中は、軍や大東亜省の施設として南方要員錬成所として使用。昭和二十年八月終戦により大東亜省より外務省へ移管され、海外からの引揚者宿泊施設、入国管理庁、神港病院等として使用された。昭和二十七年、戦後移住再開により神戸移住斡旋所として再開。昭和三十九年九月、移住事業団設立に伴い外務省より同事業団に移管。そして昭和四十六年五月、移住者減少のため、今後は横浜移住センター一ヶ所となり、神戸移住センターは閉館されることになった。

前述のように神戸に、移民収容所（当時）が開設されたのは昭和三年。同五年に第一回芥川賞を受賞した石川達三の移民小説『蒼氓』は、次のような書き出しで移民収容所のことを書いている。

「一九三〇年三月八日神戸港は雨である。細々とけぶる春雨である。海は灰色に霞み、街も朝から夕暮れどきのように暗い。

三ノ宮駅から山ノ手に向う赤土の坂道を……朝早くから幾台となく自動車が駈け上って行く。それは殆ど絶え間なく後から後から続く行列である。この道が丘につき当って行き詰ったところに、黄色い無装飾の大きなビルディングが建っている。後に赤松の丘を負い、右手はぜいたくな尖塔をもったトア・ホテルに続き、左は黒く汚い細民街に連なる、この丘のうえに是《これ》が国立海外移民収容所である……」。

神戸市の高級住宅街にあり、神戸港を見渡せる高台にあるこの建物は、移住センター閉鎖後神戸市立高等看護学院として使用し、また阪神・淡路大震災のときは神戸海洋気象台として使用された。現在は神戸移住資料室として移住の歴史資料を展示している。九十年経った今も設立当時の姿そのままである。

「行け、行け南米海越えて……」の歌に送られ、涙ながらに日の丸を打ちふり、楽隊と共に万歳を叫んで、この神戸から戦前送り出した移住者約二十万人。そして大東亜戦争勃発と同時に移民の送出は停止され、戦時中は軍や大東亜省の施設となり、仏領印度支那、フィリピン、インドネシア、ビルマなどへ派遣される行政要員の錬成所として使用された。

昭和二十年八月大東亜建設の戦争も大敗に終わり（アジア諸国はすべて独立したが）、この建物は海外から着の身着のまま帰国する引揚者の一時宿泊施設として利用された。

昭和二十六年九月サンフランシスコ平和条約が署名され日本は独立。昭和二十七年ブラジル移住が再開され、それとともに同年十月神戸移住斡旋所は再開された。そしてこの神戸移住センターから南米へ送り出された戦後移住者は約五万人。戦前、戦後を合わせて約二十五万人の移住者が、希望と不安が入り交じりながらこのセンターに宿泊し、研修や講義を受け、出発準備や手続きをした思い出は、今も移住者の心に刻み込まれている。

「静かに目を閉じれば故郷の山川と共に、日本最後の数日を過した神戸を思い出す」と、あるブラジル移住者は懐かしそうに述べている（一九七八年五月サンパウロ新聞）。神戸はブラジル移住者の「ルーツ」でもある。明治四十一年四月二十八日、第一回移民七百八十一名を乗せた笠戸丸が神戸を出港して以来、戦前移住者の主な移住先はブラジルであった。特に昭和八年、九年の両年で合計四万六千人がブラジルへ移住している。移住者は当初船待期間中、収容所付近の十数軒の移民宿に分宿していたが、十日前後宿泊するので出費も大きく、また渡航手続きも不便であり、衛生面でも良くなかった。

日本の将来は海外発展にあり、神戸港はその基地に相応しい、その志のもと日伯協会を設立し、協会の最初の事業として神戸移民収容所の建設に奔走したのは、神戸商工会議所会頭の榎並充造氏、その友人の岡崎忠雄氏、小曽根貞松氏らであった。榎並氏らは財界人平生釟三郎、川西清兵衛両氏並びに黒瀬弘志神戸市長の協力を得、移民収容所の設置を政府に要請した。日本政府としても移民の保護、研修機関の設置の必要性を認め、移民収容所を設立することになり、敷地は神戸市が永代借地権で貸与し、建設費の半額を兵庫県が拠出し、昭和三年三月本館が完成した。

移民収容所として、また移住センターとして約半世紀にわたり南米移住者を送り出し、多くの移住者の思い出となっているこのセンターは、海外移住ばかりではなく、戦中、戦後の混乱期、時代を表すように利用されてきた。わが国がさきの大戦に勝利していた華々しい時期には、南方占領地に派遣する行政要員の教育錬成の場として使用したが、それがどのような状況であったのか、さぞかし希望に燃えて入所し、元気溌剌《はつらつ》とした若者たちの姿が目に浮かぶ。また、敗戦後、戦いに敗れて命からがら、着のみ着のまま海外から引き揚げて来た人たちが、どのような思いでこの建物に宿泊したのであろうか。そのように思い巡らすと、正にこの建物は国策に従って利用され、激動の昭和を物語っているように思える。

私は三年前、五十四年振りに移住センターを訪ねてみた。建物の外観は当時とまったく変わらない。内部は綺麗にリフォームされ神戸移住資料室として移住資料を展示していた。一部の部屋を日伯協会および関西ブラジル人コミュニティの事務所として、また、芸術家の創作、交流活動の場として暫定利用されていた。受付でいただいた資料には、「この建物は日本に残る唯一の海外移住を物語る歴史の証人であることから、移住の歴史を伝え、海外日系人と日本を繋ぐ『海外日系人会館』(仮称)として国が整備・保存するように海外日系人団体から要望されています。神戸では、日伯協会を中心とする市民団体が中心となって、『海外日系人会館設立準備委員会』が二〇〇二年四月に設立され、実現に向けて活動をはじめています」と書いてある。

また、同資料によると、神戸市は移住センターから港の乗船場までの道を歴史的道路として整備をすすめており、その手始めとして、元町駅南東広場に「海外移住のモニュメント」を設置し、ブラジルの国花「イペー」を植えている。将来的にも、道路沿いに道標やモニュメントを整備する予定、と記してあった。

さらに平成十三年四月二十八日(明治四十一年四月二十八日は第一回ブラジル移民七百八十一名を

乗せた笠戸丸が神戸を出港した日）を記念し神戸メリケンパークに、神戸から出発しようとする移住家族を表した銅像「神戸港移民船乗船記念碑」が建立された。これは市民が主体となって海外日系人とともに運動をすすめ実現したもので、銅像の脇には、神戸港を出港する当時の笠戸丸の姿が史実に基づき再現されていると記し、これら三つの事業を神戸市の海外移住者顕彰事業として列記している。

また、神戸移住資料室の設立の経緯として同資料は次のように説明している。

「海外移住者は、生活習慣の異なる環境の中で多くの苦難を乗り越え、移住先の国々で尊敬される地位を築き、その国の発展と日本のために立派な功績を上げられました。移住者は日本人の存在感を世界に示し、海外における日本の評価を高め、わが国の国際化の先陣となりました。……この度、この建物を活用し、その一階東側部分に『移住資料室』を整備し、海外移住者の功績を歴史に残し、後世に伝えていきます」と設立の経緯を説明している。

いただいた資料で、この神戸移住センターを「海外日系人会館」として国が整備・保存するよう海外日系人団体から要望が寄せられ、神戸では日伯協会を中心とする市民団体が、その実現に向けて活動していることを知り、極めて良い提案であると思った。と同時に「日系人会館」がまだ設立されていないことがわかり驚愕《きょうがく》した。私は南米の大使館勤務を終え、昭和五十六年五月移住課に三たび勤務することになり、その担当職務の中に「日系人対策」も含まれていた。丁度その頃日系人を扱った山﨑豊子の原作『二つの祖国』がＮＨＫ大河ドラマで放映され、また昭和五十九年には海外日系人大会も第二十五回の記念すべき大会を迎え、皇太子・同妃両殿下（現天皇・皇后両陛下）の御臨席の下、盛大に日系人大会が開催され、私共は日系元年と呼んでいた。

日系人大会において毎年のように決議されている日系人会館の設立についても、当時設立の気運が盛り上がり、外務省内において設立につき大筋で合意していた状況であった。それから三十三年その間の経緯はわからないが、日系人会館がまだ決まっていないとすると、どうしてだろうと驚きを覚えた。当時省内で日系人に関係する課は多いがどの課が主管課であるか決まっておらず、移住課は日系人の窓口ではあるが主管課ではないとの意見で、とりあえず官房総務課（当時）が主管課となった。その後どの課が主管課に決まったのか知らないが、当時日系人に対する認識は深くはなかった。そもそも日系人は国籍上は外国人であり、その団体が日本国内に会館を設立することにつき日本政府が援助して良いものかと、浅はかな理屈をつける意見もあった。

日系人は元日本人であり、移住先国の国籍を取得していたとしてもその心は日本人である。そして祖国愛が極めて強い。現在海外日系人は約三百八十万人、それぞれの移住先国に定着し、経済、社会、文化の広汎な分野において、当該国とわが国との友好親善関係に寄与している功績は極めて大きい。特に移住先国の幅広い分野に技術移転の効果をもたらし、また、わが国と移住先国との文化交流の媒体ともなっており、さらには移住者の持つ勤勉、誠実、礼節等の資質は移住先国官民の高い評価を受けている。そしてわが国および日本人に対する諸外国の理解と信頼感の醸成に大きく貢献していると言える。このように日系人の功績は大きくその果たす役割は極めて大きいものがある。そのような海外日系人団体ならびに日系人の拠り所となる海外日系人会館を設立することは、外交政策上至極当然なことであり、また必要なことである。そのように考えると、海外移住の歴史的建造物であるこの神戸移住センターが、海外日系人会館として活用されることは適切であり、極めて有意義なことである。一日も早く実現することを熱望する。

海外日系人の方々は遠く祖国を離れ、祖国を想う気持ちが強く、祖国と何らかのかたちで繋がりを持ちたいと望んでいる。

それを象徴する出来事の一例として、キューバでこのようなことがあった。首都ハバナ市に革命前に建設された大きな墓地がある。その墓地の中央部に、キューバ日系人連絡会が昭和三十九年に建立した大きな「キューバ日系人慰霊堂」が建っている。大理石で造られたその慰霊堂は二階建てで周囲の墓碑を圧倒する程立派な納骨堂である。その御堂の基礎中心部に皇居前広場の小石が三粒《みつぶ》埋められている。当初日系

バハナ市墓地内
「キューバ日系人慰霊堂」

人会は皇居前広場の小石を寄贈していただけないかと、宮内庁への問い合わせを大使館に依頼してきた。大使館より宮内庁に問い合わせたところ、そのようなことは例がないので要望には沿い得ないとの回答であった。そこで館員が休暇帰国した際、皇居前広場の小石三粒をポケットに入れて持ち帰り、それを慰霊堂に埋めることが出来、日系人会もその小石を通じ慰霊堂は祖国日本に繋がることが出来たと安堵し、一同は心から喜んだということである。皇居前の小石がどのような意味があるのか戦後育ちの人には深くはわからないと思うが、皇室に対する尊敬の念が厚い日系人の心は戦前育ちの私には良く理解できる。

## 二十三、外務省大阪連絡事務所「王女様」と「表千家」

神戸移住センターは海外移住事業団に移管されることになり、それに伴い昭和三十八年十一月私は外務省大阪連絡事務所勤務を命じられた。同事務所に一名欠員が生じ、とりあえずの人事であったが、一年一ヶ月勤務することになった。同事務所は大阪府庁内の知事室の隣の部屋で、職員は大使他四名であった。関西方面へ来られる外国政府要人の接遇および大阪に所在する各国総領事館三十八ヶ国（当時）との連絡ならびに業務渡航の旅券発給（当時旅券の発給は本省と大阪の二ヶ所に限られていた）が主な業務であった。私の担当は旅券発給と国賓などの訪問先への連絡等であった。旅券発給の申請窓口は大阪府の外事課で、同課が受付審査し書類を揃えたものを決裁する職務であった。当時は業務渡航も制限されており発給はそれ程多くはなかった。

昭和三十九年十月東京オリンピックが開催される前後は、国賓や政府賓客が多数来日し、関西方面へ来られる賓客も比較的多い年であった。国賓御一行の宿泊されるホテルは京都の都ホテルを予約し、ワンフロワー全部を借り上げ、一階の一室を連絡事務所として使用した。

昭和三十九年の四月頃だと思うが、ベルギーのポードワン国王御夫妻が国賓として来日し、都ホテルにお泊りになった時のことである。京都、奈良を御見物なされ、京都東山の竜村織物展示室を御覧になられた際、お気に入りの御着物一揃をご購入された。夕方、同店職員が丁重に包装したそのお着物を持参し、女官長にお会いし、王女様にお渡し願いたいと言いお届けした。夜になって王女様お付きの人から竜村に電話があり、王女様ご購入のお着物を届けて下さいと催促してきた。竜村側は女官長にお届けしましたと答えたところ、お付きの人は、それは女官長が自分のものだと言い、取ってしまったので、同じ着物を持って来て下さいと言う。竜村側は困ってしまい、一晩中職員を手分けして、京都市内の呉服店その他を探し回り、やっと同じ着物一揃を見つけ、翌日広島へお発ちになった御一行の後を追いお届けした。

王女様がご購入された着物を、従者である女官長が取ってしまうなんて考えられなかったと竜村は言い、同じ着物が幸いあたから良かったが、と胸を撫で下ろしていた。外国人の店であったら、そのお着物は女官長にお届けしたのでそちらに聞いて下さいと言い、それ以上のことはしないと思う。日本人の律義さ従順さ、そして竜村の暖簾《のれん》に掛け、採算を度外視した誠実な対応だと思った。

また、国王ご夫妻ご出発の朝、都ホテルの課長から次のような相談の電話があった。王女様の部屋にブラジャーのお忘れものがあり、どのようにお届けしたら良いでしょうかと尋ねてきた。儀典課に相談したら話が大きくなり失礼になると思い、私は、それはきっと捨てられたもので、処分して良いと思いますと回答した。

国賓などが都ホテルにお泊りになられた夜は、同ホテルで和食の晩餐会があり、お琴の演奏と舞子さんの日本舞踊が披露される。舞子さんは「文の家」から派遣される一流どころで、礼儀作法の奥ゆかしい振る舞いは宴会に花を添え、日本的なおもてなしに御一行は満喫された。

その夜は事務方のためにも別席が設けられ、踊りはないが舞子さんのサービスがあり、私共も優雅な一夜を過ごしたものである。

国賓などの来日の際は、本省の儀典課が先方と調整し日程や訪問先の大綱を決め、東京方面は儀典課が手配し、関西方面に関しては大阪事務所に手配を依頼する場合が多い。ある時、スウェーデン外務大臣御夫妻が来日された時のことである。

同御夫妻は日本の茶道を見学したいとのご希望があり、儀典課より訪問先の手配を大阪事務所に依頼してきた。幸い私の家内の伯母が京都でお茶を教えていたので、家元への取り次ぎを依頼した。伯母は桑原子爵と結婚したが、離婚し満洲へ渡り終戦直前に引き揚げて来た人で、京都でお茶とお花を教えていた。お茶は表千家流であり、お花は御所や華族が習っていた御幸《みゆき》流であった。表千家の内弟子でもあり家元にも近い人なので、早速家元の承諾を得ることが出来た。後でわかったことであるが、これまで国賓等から茶道の見学依頼があった場合、大阪事務所は宮内庁京都御所の所長さんに依頼し、同所長は裏千家であることからほとんど裏千家にお願いしていた。私がこれまでの経緯に反し表千家に依頼したことにより、裏千家としては不満であり、また京都御所所長も面子《めんつ》にかかわることであり、このことがそれとなく宮内庁を通じ儀典課に伝わっていった。

裏千家は戦後各地の神社仏閣への献茶、茶事など活発な活動により広く一般庶民に浸透し、入門者も多く（表千家は当時五万人と言われていたがそれより多い）、外国の政府要人等の茶道見学も当時はほとんど裏千家が対応していた。

華道の場合、家元は何百とあるが、茶道は利休直系の「三千家」すなわち「不審庵表千家」「今日庵裏千家」「官休庵武者小路千家」の三つの千家と利休の親族関係にある久田家、堀内家の一族、そして利休の親族ではないが、利休と同時期に茶道を始め傍系の関係にある小堀家、藪内家などに家元は限られている。

千家は初代利休、二代少庵、三大宗旦と続いたが、宗旦には四人の息子がいた。長男宗拙は父と意見が合わず家を出た。二男宗守は初代武者小路千家として独立した。父宗旦は三男江岑に本家の家屋敷（表千家不審庵）を譲り、自分は今日庵を建てて隠居した。四男宗室は宗旦歿後、今日庵を継ぎ裏千家初代となった。すなわち三千家は利休の一族として本家と分家の関係であり、表千家は利休直系の茶の宗家となる。家屋敷を見ても表門は表千家、裏門は裏千家となっている。毎年新年に行われる公的行事であるお初釜は、まず本家である表千家で行い、次いで裏千家で行われるなどこの伝統は受け継がれている。

私が表千家に依頼したため、また裏千家からそれとなく儀典課に申し出があったことから、フランスのポンピドウ首相が来日した際は、表でも裏でもない藪内流《やぶのうち》に、本省儀典課が直接依頼するようになった。私が思うに一つに限定せず交互に利用すれば良いと思うのだが、それはお茶に限らず料亭も、京大和、吉兆、つた屋など交互に利用してあげたら良いと思う。

大阪連絡事務所勤務は、南米大陸を相手とした移住センターの時とは違い、どちらかといえば女性的な勤務であり、あまり気が進まなかったが、高級ホテル、有名な料亭そして神社仏閣を知ることが出来、また、公務員では高嶺の花である大阪北新地の高級クラブ「あざみ」や「クラブ関西」などを少しではあるが利用出来たことは良い思い出となった。

一年一ヶ月の大阪勤務を終え、本省移住課に戻った私は、二年半後に最初の外国勤務ボリヴィア（五年）へ赴任し、チェ・ゲバラの死や三回の革命を経験し、その後ウルグァイに勤務（三年）、そしてキューバ（二年）、グァテマラ（四年）、またキューバ（四年）と勤務することになった。

# 第四部

## 二十四、ボリヴィア在勤「チェ・ゲバラの死」と「ゴム景気と日本人」

私は昭和三十九年十二月外務省大阪連絡事務所から本省移住局総務課に転勤を命じられ、同課に二年四ヶ月勤務し、その後昭和四十二年四月在ボリヴィア日本大使館に赴任を命じられ同年五月着任した。一家四人、未知の国それも標高三千八百メートルの天空の都市ラパス市に赴任することになった。まるで別世界のような荒漠とした野原にラパス国際空港（四千八十メートル）はあった。高地のため地上より空気は六十パーセント希薄で、ヒヤッとして肌寒い、紫外線は強く、乾燥激しく、肌が痛いような感じである。殺伐とした空港に降り立った家内は、今着いたばかりなのに「日本へ帰ろう」と言った。二人の娘、長女は七歳、次女は三歳であった。真新しいお揃いのピンクの服が一際《ひときわ》目立ち、二人の娘は疲れも見せず、健気《けなげ》に歩いている。出迎えの現地職員二人が駆け寄り私たちの手荷物を取ってくれた。空港待合室には出迎えの大使館員や在留邦人が大勢集まっていた。皆笑顔で挨拶して下さり、何より嬉しく安堵した。

空港から市の中心に向かい下って行くと、アドベイの小さな家々は貧しく、市の中心近くになるに従い西欧風の家々が建ち並び、近代的なビルもある。街全体が何か地上とは違い別世界のような感じである。歩いている人々も、山高帽を被り民族衣装をまとったインディオの女たちが目立ち、男も女も全体的にドス黒い顔をしている。ただ白人系の女たちは極めてモダンなドレスを着ているなど、複雑な文化が入り混じっている感じである。娘たちは車の中から珍しそうに無言のまま見つめていた。

到着翌日に、外交団主催のバザーが開催され、日本大使館も出店しているので、早速家内はお手伝いを命じられた。家内は、まだスペイン語もわからず、長旅の疲れのままバザーのお手伝いである。他の館員夫人は、他に用事があるとかで途中から家内一人で立たされていた。バザーでは日本酒がすぐ完売となった。お酒を買ったのは主に在留邦人であった。

その次の日は、私たちの歓迎晩餐会で、これまた館員夫人たちは料理作りのお手伝いである。当時は、大使公邸でパーティがあるときは朝早くから館員夫人たちのお手伝いが慣わしであった。歓迎晩餐会では食事の後、食後酒のリキュールを呑みながら歓談し、そしてトランプや麻雀を夜遅くまで、時には明け方近くまで遊ぶ慣わしである。私はトランプを辞退し、車を飛ばし家に帰った。幼い二人の子供たちは、夜遅くまでおきざりにされ、まだ女中も決まっておらずどうしているか心配であった。家に着いてみると、薄暗い電灯の下、二人の娘はソファで抱き合って寝ていた。その顔は泣き疲れ、涙で濡れていた。私は二人の子供に毛布を掛けながら、これからの長い海外勤務の中で、一番犠牲になるのは子供たちと家内であると思い、出来る限りトランプなどの遊びには加わらないことに決めた。それには抵抗があったことは確かである。

当時は、現在のように日本人学校もなく、現地校に通う訳だがいきなり現地語、ボリヴィアではスペイン語の学校である。ただ子供たちは覚えるのは早く、三ヶ月位で子供たち同士話せるようになった。しかし、学校の授業で読み書きがわかるのは一年位経ってからである、二人の娘は、ミッションスクールのサクラダ・コラソンすなわち現地の聖心女子学院に入学でき、元気に通い始めた。朝はスクールバスで登校し、下校時は私が迎えに行き、途中ソフトクリーム屋に立ち寄るのが子供たちの楽しみであった。サクラダ・コラソンには、政府高官や資産家の子女が多く通っていた。外務大臣の子女も車で送り迎えされていたが、ボリビアでは大臣の交代が激しく、車は同じでも送り迎えされる子女は度々変わっていた。運転手は乗せる子供を間違えることもあるという。

ボリヴィアでの楽しい思い出は、土曜日には、必ずどこかの在留邦人の家でパーティが行われ、家族みんなが招待されたことである。招待されると贈り物を用意し、親子共に着飾って訪問し、楽しい一時を過ごす。ボリヴィアの在留邦人は一様に立派な家に住み、奥様は大体白人系の人が多く、恵まれた人たちであった。

パーティの終わりには、いつも決まったようにカルメンの踊りで盛り上がっていた。一人が闘牛士になり、一人が牛になり、一人がカルメンを演ずる。皆手慣れた踊りで上手である。別世界のような荒漠とした天空の都市で、このようにして在留邦人は親睦を保っているものと思われた。

在留邦人がここまで成功し、定着するまでにはいろいろご苦労があったことは確かである。

ボリヴィア・ラパス聖心女子学院にて
学園祭に着物で参加（二人の娘）

手造りの山車に乗って娘たちの広報活動（ボリヴィアにて）

ある邦人は、若い頃は道端に風呂敷を広げて物を売っていたと、また度々の革命で苦労したこと、第二次大戦中は敵国人として収容されたことなど昔話を伺った。なかにはゴム景気で財を成した人の二、三世や貿易で儲けた人もいるが、一様に成功したのはボリヴィアの国情もあるが、努力と信頼の実が結んだ結果と思われ、また日本人としての誇りと自覚、そしてボリヴィア社会に貢献している姿が認められたためと思われる。ただ外国において、日本人ばかりが集まり優雅な生活を振る舞うことは、厳に慎まなければならないことは言うまでもない。

私たち家族がボリヴィアに着任したのは、昭和四十二年五月であるが、その七ヶ月前、すなわち昭和四十一年十一月には、チェ・ゲバラは数名のキューバ人と共にボリヴィアに侵入、ボリビアおよびペルーの共産党員、またキューバ人の加勢を得て、東部サンタクルス州において総数百名足らずでゲリラ活動を始めていた。しかし、そのことはボリヴィア国内の新聞にはほとんど報じられていなかった。ボリヴィア政府や軍は、ゲバラのゲリラ活動を情報として把握していたが、クーデターの多いボリヴィアでは、他国者《よそもの》の活動を無視したかのようにゲバラと現地政府軍との小競り合いはほとんど報じられていない。

ゲバラが、チュキサカ県ユーロ渓谷で、足を負傷し捕らえられた昭和四十二年十月七日までの約十一ヶ月間、現地ボリヴィア軍との間では小さな戦闘は度々あったが、決定的な大きな戦闘に発展しなかった。それはゲバラ側の勢力が小さく、また正面切った戦闘では地の利を得た現地軍に勝ち目があり、逃避行を続けていたためでもあるが、何よりも政府の報道規制によりマスコミが取り上げなかったことで、学生運動や労働組合の活動に連動しなかったためと言える。そのためゲバラ側は、ジャングルや山岳地帯に身を潜め、逃避行を続けながら隠れるようにゲリラ活動を続けていた。十一ヶ月間の度々の小競り合いは、大体密告による戦闘であったが、ゲバラ側はその間に四十名の戦死者を出している。戦死者の国籍はボリヴィア人、キューバ人、ペルー人などでドイツ人一人も含まれていた（チェ・ゲバラ著、三好徹訳『チェ・ゲバラの声』ゲリラ戦士名簿）。

昭和四十二年十月七日、チェ・ゲバラは十七名の同志と共にチュキサカ県ニャンカウアス、ユーロ渓谷を通過しているところを政府軍の待ち伏せに遭い、ゲバラは足を負傷し歩行困難となり捕らえられ、イゲラス村へ運ばれた。その二十四時間後にレンジャー部隊のミゲル・アヨロ少佐が下士官のマリオ・テランに命じ射殺した。上司のアンドレス・セルニチ大佐は、戦闘中に戦死したことにするよう命じ、その

ボリヴィア大統領府にて
三列目左端＝著者

ように新聞やテレビで報道されたが、巷《ちまた》ではそれを否定する噂が流れていた。新聞記事にはチェ・ゲバラの遺体が上半身裸で寝かされ、髭《ひげ》ぼうぼうの顔の写真が大きく一面に載っていた。

ボリヴィアでは革命やクーデターは年中行事のようにあり、それによって政権交代が行われるので、ゲリラ活動はそれ程大きくは扱われていない。ただ当時は学生運動や労働組合活動が活発で、それらの勢力が団結し、強力な勢力となっていた場合にはまったく違った結果となっていたと思われる。そしてキューバ革命のように成功していたかも知れない。そうした状況の場合、ソ連（当時）が隠に陽に介入し、中南米情勢ひいては世界の状況が大きく変わり、危機的状況に陥っていたかも知れない。

チェ・ゲバラが思い描いた革命の理想が果たされず、辺境のボリヴィアの山奥で無念の死を遂げたゲバラは、死の直前何を思っただろうか。革命の厳しさ難しさを嘆いたかも知れない。かつてフィデル・カストロが、生き残った十六名と共にシエラ・マエストラの山中へ逃げ込み、山腹の隠れ家から、ラジオを通じアメリカ市民にキューバの窮状を訴え、遂にはバチスタ政権を追い出し、キューバ革命を成功させたようにはならなかった。革命を成功させるにはいずれの場合でも市民の協力を得、大きなデモに発展しなければ成功は難しい。しかし、革命（レボルシオン）で多くの血を流し、市民が幸せになるかというとこれまた難しい。むしろ国の経済が破綻し国民が貧しくなるのが実情である。キューバではゲバラの不運の死

在ボリヴィア時代の著者と家内（大使公邸にて）

レセプション前に勢揃いする館員と日本人会のご婦人たち
（ボリヴィアにて）

の一年後、ゲバラの死を悼《いた》み全国民揚げて盛大な葬儀が行われた。理想の革命家としてまた革命の英雄として、今なお多くの人々が尊敬している。

私たちは、その後ボリヴィアで度々革命にあったが右派から左派、左派から右派と毎年のように革命があった。いずれも政権交代のために軍事力を行使した革命で、特に革命の目的は示されていない。革命が起きる寸前になると、街中の警官が一斉に姿を消し、まず無法状態になる。そしてどこかで発砲が起こり、街全体に撃ち合いが広がり一晩中続く。撃ち合いは二晩位で大体決着がつき、最後に空軍が勝者の方に加勢して革命は終わる。一番大きな被害を出した革命は、右派のオバンド政権を倒すため左派のトーレスが学生の要求に屈し武器を与え、学生側が参謀本部など軍の施設を攻撃し、軍が反政府側を一掃した革命であった。犠牲者は二千五百名に達し、市内の至るところに死体が散乱していた。数日後死体はスタジアムに収容され、家族が引き取りに訪れていた。わが家は参謀本部の近くにあったので、撃ち合いが始まると危険であり、特に家の裏にある二本の大きな木をめがけ、空軍機が急降下し、参謀本部を銃撃するので、子供たちが怖がった。革命が始まる前に家族を車に乗せ、少し離れた大使公邸へ避難させるのが慣わしとなっていた。

革命が起きると、政府要人はいずれの大使館へ逃げ込むか日頃から大体決めており、いざという時逃げ込む訳だが、日本は亡命を認めていないので、緊急避難的に塀を乗り越えて逃げ込んできた場合、二日位いた後、他の大使館へ移っていただいていた。他の大使館へ逃げ込んだ要人は、時期を見て脱出し、空港から近隣諸国へ亡命する訳だが、特に妨害されることもなく出国していた。そして、一、二年後に潜《ひそ》かに帰国する慣わしである。

ボリヴィアはかつて金、銀の産出国として栄えていた。首都ラパスから南東へ約五百キロ、ポトシの町がある。標高四千メートルのこの町は今は訪れる人とてない寂しい町であるが、四百五十年前南米大陸最大の都市であったとは誰が想像できようか。一五三五年、フランシスコ・ピサロによりインカ帝国が征服され、その十年後ポトシ鉱山が発見された。スペイン統治時代、ペルー副王の命令で全植民地からミータ（労働者）が集められ、その数約十五万人、ここポトシでスペインの金貨、銀貨を鋳造し、その運搬はラパスまでの峻険な山道を約五百キロ、ラパスからペルー、リマの港まで約千二百キロ、皮袋を背負ったインディオの列が続いたと言われる。ポトシの町には当時をしのばせる貨幣鋳造工場がある。現在は貨幣博物館となっているが、古い城塞を思わせるこの建物は、当時の繁栄ぶりを伺わせるものがある。

さて、アンデスの山越えと言えば、明治時代の末期、大勢の日本人がゴム採取労働に携《たずさ》わるため、アマゾンの奥地上流、すなわちボリヴィアのベニ州やバンド州へ渡った。いわゆる聖母川（リオ・マドレ・デ・ディオス）下りの記録である。その記録は、向一陽著『アンデスを越えた日本人』に詳しく書かれている。

日本人がペルーへ初めて集団移住したのは、ブラジル移住より九年早い明治三十二年、民間の移民会社盛岡商会による単身者の契約移民七百九十名で、その年の二月ペルーへ向け横浜を出航した。四年契約で砂糖キビ狩りや製糖工場、また農場に雇われたが、奴隷に等しい過酷な労働と風土病による病人が続出し、転住したり脱耕するものが跡を絶たなかった。しかし、その後も契約移民や呼び寄せ移民でペルーへ渡った者は多く、大正十二年までに一万七千百二十七人に上っている。なお外務省資料によるとペルー移住者は昭和十六年大東亜戦争勃発までに三万三千七十人と記録されている。

明治二十年代後半、米国で自動車の実用化が軌道に乗り、グッドリッチ社が自動車のタイヤを作り始め、ゴムの需要が爆発的に増大した。しかし当時はまだ植林によるゴムの木はなく、天然ゴムの木はアマゾン上流にしかなかった。需要に生産が追いつかず、またアマゾンの僻地のため労働力が集まらなかった。ゴムの木は密林の中にぽつんぽつんとあり、ゴム液を集める労働は根気のいる仕事であった。仕事に不慣れで必要以上に働かないインディオ（アマゾン先住民）たちは、過酷な労働から逃亡しようとして大量虐殺された記録（ブッマヨの虐殺）がある。

アマゾンのゴム採集労働は、ペルー契約移民の賃金の三〜四倍の高値ということで、ペルーの移住地を脱耕し、アンデスを越えアマゾン上流すなわち聖母川（マドレ川）流域へ渡った日本人は二千人以上と言われている。このうち七百二十人は「インカゴム」との契約（明治植民合資会社の仲介）で当初からゴム契約で渡航しているが、その他は主にペルーの脱耕者であった。明治時代の末期、大勢の日本人がアンデスの「アリコマ峠」という標高四千八百十五メートルの峻険な雪嶺を越え、約一ヶ月の難路を克服しゴム採取に従事した。ペルーでは己の夢を実現できないと悟り、折からの天然ゴム景気で高賃金に魅了されたこともあるが、そのことばかりではなかった。それは当時世界的に有名な髭のゴム王ニコラス・スワーレスは、殊の外日本人を重宝し優遇したためと言われている。彼はパンド、ベニ両州に広大なゴム林を所有し莫大な利益を得て豪華な生活をしていた。正直で勤勉な日本人の働きぶりを高く評価し、現地人を排除してまで日本人を採用したと言われている。ゴム採集に携わった日本人のほとんどは彼の下で働き優遇された（外務省領事移住部発行『聖母川下航記』）。

当時アンデスを越え日本人がまず辿りついたのはペルーのマルドナドであるが、同地にはインカゴムをはじめ各ゴム会社の本拠地があり、この町に日本人が最初に住みついたのは明治三十九年二十六人であった。この町は二千人程の小さな町で、その後日本人は二百五十人も住むようになり、八分の一が日本人で「日本人町」とも言われた。明治四十四年伊藤在リマ領事館員の報告によると、当時マルドナド近辺の農場はすべて日本人の所有であったと報告している。また農業の外食糧品店、大工、仕立屋、行商などを営んでいると書いている。当初マルドナドでゴム採集に従事していた日本人は、その後聖母川を下り、行きつく所がボリヴィア領リベラルタの町であった。マドレ川のところどころの町に日本人が住みつき、日本名のサカタとかトウキョウ、ヨコハマなどの地名が残っている。当時リベラルタは人口約四千人、うち日本人七百人余りの町でこの町も「日本人町」と呼ばれていた。現在、日本人一世はおらず、三世、四世の代で日系人は約一万人に近いと言われている。当時の状況を知る日本人古老は、日本人のいる町は栄え、日本人のいない町は衰えたと述べている。リベラルタ地方の当時の行政長官は「今や日本人は当地に必要欠くべからざる存在となっている。農夫は米、野菜類を安価に供給し、小売商人は輸入食料品を薄利で販売している。近年住民生活費の低廉なるは、全くもって日本人の努力によるものである。……」と述べている（外務省領事移住部発行「聖母川下航記」）。

大正四年リマ領事館の報告では、リベラルタ近郊に約四百人、ラパス、オルロ近傍に二百人。また大正七年ボリヴィア在留邦人は八百三十三人で、その大部分はペルーからの転住者と記録されている（日本ボリヴィア移住史）。

ゴム景気で栄えたアマゾンの町も大正二年以降は急落することになる。英国が、東南アジア植民地開発の目玉として、シンガポールで育てたゴムの木がマレー半島その他で大量に植林され、アマゾンのゴムブームは十数年で終息することになった。ゴム景気の終息と共に日本人のアマゾン移住も途絶え、その後リベラルタおよびトリニダ市に日本人が移住することはなかった。ベニ州の州都トリニダは、ゴム景気の際リベラルタから移り住んだ人たちで、当時五十九人の日本人が住み主として日用雑貨店や農業などで随分繁盛していたという。

私がボリヴィアに着任した昭和四十二年には、リベラルタおよびトリニダには日本人一世は二～三名いるとのことであったが、あれから五十年、もうおられないのではないかと思う。

遥か遠く、あまりにも遠く祖国を離れ、日本に帰ることもできず、現地人女性と結婚して子供をもうけ、彼の地で生涯を終えた彼等同胞の慰霊の碑が、ひっそりと日本の方へ向け建立されている。ベニ川のほとり、リベラルタとトリニダ市に、日本大使館が昭和三十九年当時の川崎大使の手により建立したもので、高さ三メートルの慰霊塔は日本語の文字で「慰霊の碑」と書かれている。リベラルタの墓標には計百八十二柱の出身県別に故人名が明記され、その出身地は全県に跨っていた。

## 二十五、ウルグァイ在勤「都市ゲリラ・ツパマロス」と「日本赤軍」

ボリヴィア勤務約五年を経て、昭和四十七年一月本省領事移住部領事課勤務となり約四年間勤務することとなった。当時は、ハイジャックやシージャックが頻繁に起きていた時代であり、領事課はその対応に忙しい日が続いた。まだハイジャックにつき適切な対策が決まっていない時代でもあり、その対応はまちまちであった。ハイジャックは比較的早く解決したが、シージャックは一、二ヶ月と長引いたことが多い。ハイジャックはマスコミが大々的に報道するが、シージャックはそれ程騒がず淡々と報道されていた。フィリピン・ミンダナオ島ダバオ近海で、日本の木材運搬船がシージャックされ、外務省に対策室が設置された時のことである。当時は対策室といっても、当該船から、長崎漁業無線局を中継として送られてくる被害者の声を、領事課員が手分けして官房長はじめ省内幹部および関係局課、また内閣官房長官はじめ関係閣僚、国会議員等に電話で状況を伝えるだけの対策であった。現地から無線で「フィリピン海軍がわれわれの船に二百メートル以上近づいたら殺される。近づかないように総理大臣様どうか助けて下さい」などの悲壮な要請を伝えるだけの対策室であった。もし、警察庁や防衛庁に対策室が設置されていたならば対応は違っていたと思う。その事件は結局フィリピン海軍が徐々に接近し、艦員が乗船し、犯人を逮捕、乗組員を解放したが、乗船したフィリピン軍人が目ぼしいものを持ち去るなどあきれた結末であった。

昭和五十二年九月二十八日、パリ発東京行日航機がハイジャックされダッカ空港に着陸、日本政府は収監中の日本赤軍九人を釈放し、多額の身代金を支払う事件が発生した。その頃、私はウルグァイに赴任していたが、犯人の要求を尽《ことごと》く受け入れる対応には納得し得ないものがあった。各国のメディアも日本政府は犯人の要求に屈したと批判的であった。そのような海外の批判もあり、日本政府は今後は犯人の要求には応じないとの方針に大きく転換した。すなわち人質の身代金は支払わないということである。公館が占拠された時点で、人質は保険に加入手続きされ、万一の場合、保険により補償させるという対応である。そのように対応が変更されたことから、今後は公館が占拠されたら生命の危険があり一層の警備強化に努めなければならなくなった。

その頃すなわち昭和五十一年五月、私はウルグァイ在勤を命じられ同国に赴任した。ウルグァイは、ブラジルとアルゼンティンに挟まれた南米十ヶ国中最小の国で、日本からは一番遠い国である。南米のスイスと言われ、民度の高い成熟した国で、面積は日本の約半分、人口三百十万人（当時）ほとんどが平地で、人口の四倍強の牛千三百万頭、人口の三倍の羊九百三十万頭の農牧国である。

第一次、第二次世界大戦中は、ヨーロッパの戦場へ牛肉、羊毛を大量に輸出し、経済的に潤っていたため税金のない国とされていたが、近年石油の高騰、工業製品の輸入等のため経済状況ば苦しいが、一人当たりのGDPは九千四百八十三ドル（当時）と高い。公務員は一日五時間、週二十九時間勤務で、午後は他の職場に勤めたり、海岸で休んだり、国全体がのんびりした感じであった。公立の小学校から大学まで授業料は無料であるが、大学を出ても就職できず、ブラジルやアルゼンティンに出掛ける若者が多いと言われていた。

ウルグァイは、都市ゲリラ、ツパマロス発祥の地とされ、左翼政権が続きツパマロスを容認するような政情でもあった。当時は日本でも学生運動が盛んで、全世界が革命の荒波にさらされていた時代である。学生の集団が街に繰り出し、わがもの顔に振る舞い、両手に石を持ち車を徐行させ、新車に疵をつけられても市民は何も言えない。そのような混沌とした時代であった。日本でも同様の状況が続いていた時期である。当時、御茶ノ水駅周辺はデモに向かう学生で溢れ、ヘルメットを被り、角材や鉄パイプを持ち改札はフリーパス、ホーム一杯に溢れた学生集団を誰も咎める者はいない。駅から神保町に至る歩道に敷き詰められていたレンガは学生の手で全部取り除かれ、校舎の屋上に運ばれていた。警官が近づいたら上から落とす作戦である。まったく異常な状況であった。

ウルグァイでも昭和四十年代このような騒乱の情況が約十年続き、昭和四十八年頃から軍が介入し、昭和五十一年五月のクーデターで、左翼政権ポルタベリ大統領を倒し軍事政権となった。私が着任したのは丁度軍のクーデターが成功し、政情が安定した頃である。軍政になり、治安が維持され政情が安定し、第一次石油ショックにもかかわらず経済状況は好転していた。しかし、第二次石油ショックとともに再び経済の活力は失速し、昭和六十年再び民政復帰することとなった。

ウルグァイは、伝統的に民主主義の風潮の強い国柄であり、過激思想のツパマロスから穏健左派路線へと変わり、その後都市ゲリラ出身の大統領バスケスやヒムカ大統領が就任している。左派政権が維持されている背景には失業問題や較差があるが、社会保障制度が整備され、文化レベルも高い、しかし、経済組織はいまだに植民地時代のものであり、厳しい世界経済情勢の中で、農牧国としてこの国はのんびり、のどかに過ごしている感じである。

午前中働き、午後には海岸でゆっくりと過ごすこのような国に対し、日本は経済技術協力を進めて良いのだろうかと思った。あくせくと働く当時の日本人は確かに戦後の復興を成し遂げた。それは焼け跡から復興するための必要やむを得ないものであったが、ウルグァイの人たちのゆったりした生き方もまた頷《うなず》けるような気がする。日本人は何か義務のように（もちろん米国の圧力があるが）経済技術協力を進めようとするが、それが正しいのかどうか、この国に来て深く考えさせられた。経済技術協力の問題については、例えば中国や韓国など考えさせられる事例があり、グァテマラ在勤の項で述べてみたい。

さて、夕刻、一面の夕焼けに輝き、ウルグァイの海岸に沈み行く夕陽の大きく美しいこと、また、ヨットハーバーの海に、影を写す満月の清らかな静けさ、そして満天の星空の息を呑むような情景、子供の頃日本でも感じた自然の美しさ、それが日本より一番遠い国ウルグァイに来て、懐かしく感じるのも不思議である。

私は長女を同伴して赴任し、娘の通うモンテヴィディオ聖心学院を訪れた時、同校のクラシックな廊下に飾られた卒業写真を見、一九四五年（昭和二十年）当時の写真を感慨深く見ていた。皆真新しい制服にネクタイの豪華な写真、日本は丁度その頃敗戦の最中《さなか》で着のみ着のままの時代、ウルグァイでは平和な豊かな時代であったことをつくづく考えさせられた。日本は戦後焼け跡から目覚ましい復興を成し遂げ、豊かになった。しかし昭和四十～五十年代当時の日本は、学級崩壊やいじめ、子供の自殺など海外にいてもひしひしと聞こえて来た。何とかならないものかと心を痛めた時代である。ウルグァイの教会では子供たちが静かに清らかな祈りを捧げ、その敬虔《けいけん》な姿を見ながら、戦後日本の教育の荒廃を嘆いたものである。

戦後、日本人は自国を卑下し誇りを失った。日本大使館の参事官級でも自分の国を卑下し卑屈になっていた時代である。日本の自動車生産も徐々に復興し進歩していたが、大使館員は日本車を購入せず、ボルボだとかペジョ、また米国車を購入する者が多かった。当時、ウルグァイのタクシーはベンツであったが、古くなったので日本のニッサンに換えたいということで、とりあえずニッサン・セドリック二百台を輸入したいという計画があった。大使館にも相談があったが、どういう訳か参事官は積極的に推薦せず、話が立ち消えになった経緯がある。特定の企業を推薦することにためらいがあったと思われるがどこの国の大使館でも自国の企業を支援しているのに、当時の日本大使館は、自由というか政策がないというのか、自国の企業を支援することに欠けていた。その後においても同様のことを度々経験するが、これは、わが国の一流大学の進歩的教育にあるように思えた。また、東京裁判史観に基づく戦後の反日的な歴史教育が影響しているようにも思われる。

ウルグァイに在勤して二年目のある日、その日は、一日に四人の学生風の若い男が、新聞を見せてほしいと言い来館した。ウルグァイ大使館はビルの五階にあるが、新聞を見たいと言い来訪する日本人はこれまでいなかった。その日に限って次々と四人も訪れた。私は不思議に思い、男たちに面会し、どこから来たのか訊ね、パスポートを見せてもらった。彼らは、四年前に日本を出てアメリカで語学の勉強をしているが、今回南米旅行中である旨三人共同じように答えた。悪びれる様子もなく、如何にも学生らしく皆淡々と話している。彼らは新聞をちらっと見た程度で立ち去った。四人目に訪れた小柄な男は、受付前のロビーの椅子に座っていた。そこは広い廊下みたいな所で、他の部屋に行くにはそこを通らなければならない。男は椅子にぽつんと座り新聞を広げている。新聞を読む振りをして聞き耳を立てているようである。私は彼の横を二、三回通りながら観察すると、男は青白い顔をして酷《ひど》く緊張しているようである。私は何か異常なものを感じ、パスポートを見せて欲しいと言い出せず、通り過ぎてしまった。自分の部屋に戻り気持ちを取り直し、パスポートを見せて欲しいと言うために戻ったところ、男は立ち去っていた。

二週間後、全在外公館に本省から送付された日本赤軍の顔写真の中に、その男の顔があった。戸平和夫である。もし、本省からの通報が二週間早かったならば現地警察に依頼し逮捕していたかも知れない。あるいは通報がなかったならば、大使館の警備は従来のまま手薄で日本赤軍に占拠されていたかも知れない。そう思うと誠に際どい話である。その後六ヶ月後、戸平らしい男が、アルゼンティン大使館付近に現れたという情報が伝わってきた。しかし事件は起きなかった。公館警備が以前より厳重になったために、公館が占拠されることは以前より難しくなったことは確かである。また、大使館に新聞を見せて下さいと気楽には入れなくなり、閉ざされた大使館になったのも事実である。

際どい話といえば、ある日曜日、用事があり大使館に出掛けた時である。いつもはビル一階の入り口に警備員の男がいるが、その日に限っていない。不審に思ったが、エレベーターで五階まで上り、管内へ入って行くと、黒人の掃除婦が急に大声で叫んだ。何だろうと思ったが自分の部屋に行き用事を済ませ、そのままビルを出て家へ帰った。いつもは領事や会計の部屋を見て回るのだが、その日に限って見なかった。翌日出勤してわかったが、日曜日に二人の強盗が入り、ビル全階の金庫が盗難に遭ったという。また警備員は一日中物置に押し込められ救助された。私が入った時、黒人の掃除婦が大声を出したのは、その時会計室の金庫を開けている犯人に知らせるためだったのだ。二日後、犯人二人と黒人掃除婦がブラジル国境で捕らえられた。もしその日会計の部屋を覗いていたならば、ハンマーで殴られ、命がなかったと思うと今でもぞっとする。

その他、思い出すことは、ブエノス・アイレスに向かっていた日本の貨物船が台風で座礁し、夜間事情聴取のため、時速百五十キロでブラジル国境まで車を飛ばし、早朝帰宅したことや、船のハッチで頭を挟まれ死亡した船員の引き取りに行ったことなど思い出す。ウルグァイは南米のスイスと言われ、小国であるが、静かな新緑の国であり、何となく古い日本を思い出すような懐かしい国であった。

## 二十六、キューバ在勤一回目「大量亡命事件」

私はウルグァイに三年在勤した後、昭和五十四年四月、在キューバ日本大使館に勤務を命じられ赴任した。一回目のキューバ勤務である。昭和三十四年一月、キューバ革命が成功しそれから二十年経っていたが、社会主義国としてまだ混沌とした状況であった。日本は、体制の異なる非友好国として処遇されていた時代である。非友好国とは、いわば敵対する国であり、尾行や盗聴など監視の対象となっていた。そのようなことはいろいろな場面で感じられた。家を借りるにしても友好国だと家賃は安く、それも良い家であるが、非友好国だと汚い家で多額の家賃を要求された。家はすべてキューバ政府が管理しており、それに従わざるを得ない。二回目にキューバに勤務した昭和六十三年頃には準友好国となっており、良い家が割り当てられるなど好意的な処遇に変わっていた。一回目の勤務では経済技術協力に類する協力は一切行われず、文化交流事業のみであった。日本からキューバンボーイズの公演や、左翼系友好団体の公演が行われたり、文化広報の展示会などが実施された。また、キューバ国立バレエ団やキューバ国立民族舞踊団の来日公演などを支援した。キューバンボーイズの公演といえば、見砂《みさご》団長の平和を願う名演説や歌手の伊藤愛子さんを思い出す。カールマルクス劇場の二千五百人の観客を魅了し、満場の喝采を博したラテンミュージックの数々。伊藤愛子さんは、三十八年経た今もシャンソン歌手としてその美しい歌声でご活躍されている。

革命直後のキューバへは、日本の左翼系学生団体が企画したキューバ主要産業である砂糖きび刈りの応援に、大勢の学生がやって来た。キューバは暑く、炎天下砂糖きび刈りは大変な重労働である。遠い日本から革命に共鳴し、大勢の日本人若者が訪れたことに対し、親日的なカストロ国家評議会議長は感激し、盛大に歓迎会を開くよう部下に命じた。会場正面に日本とキューバの国旗を掲示したところ、日本人学生が反対し、日本の国旗を外すよう主張した（当時の日教組はじめ左翼系学生団体は、国旗国歌に強く反対していた）。これを聞いたカストロ議長は憤慨し、「国旗を尊敬しない学生は来て欲しくない。日本人学生の受け入れを中止せよ」と命じた。この事件以後、日本人学生の砂糖きび刈りの受け入れは中止されたという。

カストロ議長はまた昭和天皇を深く尊敬していた。昭和天皇が崩御された時、わが国の官公庁は一日しか半旗を掲げていないのに、カストロ議長は三日間の公式服喪令を布告し、全官公庁や軍の施設に三日間半旗を掲げさせた。当時私は見て回ったが、確かに津々浦々まで半旗を掲げていた。このことにつきカストロ議長は記者団に次のように答えている。「昭和天皇は日本を戦災の廃墟から復興させ、アメリカを追い抜く大国にした偉大な元首であり、私は以前から深く尊敬していた。喪に服したのはわれわれの当然の義務と考えたからだ」。カストロ議長はかねがね国賓として来日したかった。しかし、わが国は対米配慮からそのようにはしなかった（それは外務省の対米忖度かも知れない）。そのため給油のための立ち寄りならば良いということで、カストロはヴェトナムでの国際会議の後、わが国へ立ち寄ったが公式行事は一切行われていない。

私がキューバに着任して一年後、すなわち昭和五十五年四月、革命後初めて大々的な亡命事件が勃発した。その発端となったのは、四月一日、キューバ人六名がペルー大使館へバスで突っ込む事件である。その際亡命者二名が警官の発砲により負傷し、警官一名が同僚の流れ弾で死亡した。その時ペルー大使館にはすでに二十五名のキューバ人が館内に亡命していた。

この事件後、キューバ政府は急遽大使館周囲に高さ二メートルの土手を築き侵入を防ごうとした。それがどういう訳か翌日取り除かれ、党機関紙「グランマ」は一面トップで次のような政府声明（要旨）を発表した。

「最近一般犯罪人、反社会的分子、ルンペンが暴力によりペルー大使館に逃げ込んだ。同大使館はそのような行為を拒絶することなく受け入れている。……同大使館を警備していた内務省職員一名が死亡した。これらの行為は米国のわが国に対する敵対行為と軌を一にするものである。キューバ政府は主権および法を犯されることに同意はしない。大使館に力により逃げ込んだ者には、出国の安導権を決して渡さないことを宣言する。キューバ政府はペルー大使館の警備員を引き揚げる決定をした。同大使館は今後起こりうることにつき自ら責任を負うことになる。われわれは保護に協力しない大使館は保護できない」。

この政府声明を見て、これは大変なことになると直感した。キューバ側は亡命者はそれ程多くはないと見込んだのか、ペルー大使館への当てつけなのか、いずれにしても警官がいなくなったら亡命者は殺到することに間違いない。たまたま四日の夜は、大使公邸で本省から送られてきた娯楽番組のビデオテープ「欽ちゃんどこまでやるの」その他のビデオをみるため館員家族が集まっていた。公邸はペルー大使館に近いので、外では何となくざわざわした情況が聞こえていた。私は気が気でならなかったが、御夫人方は今起こりつつある情況にはわれ関せずと、本日の麻雀大会を嬉しそうに話し合っている。男性館員は、館長が館員の娯楽に配慮して開催して下さった今夜の集いに、水を差すような話は控えていた。

その夜、ペルー大使館には亡命希望者が続々と逃げ込み大きな事件となりつつあった。四日午前、ペルー臨時代理大使（大使は亡命者受け入れに反対したため、亡命を認めるペルー政府の立場と異なるとして、数日前に解任され本国に召還されている）は、対処に困り、アルゼンティン、ベネズエラ、パナマ、エクアドル、コロンビアの各大使を同館に招き協力要請した。各大使はペルーとの連帯を表明した。また四日昼頃、カストロ議長はペルー大使館に来訪しピント代理大使と会談した。警備員引き上げにつき話し合われたと思うが、その詳細は不明である。

ペルー大使館周辺は、静かな高級住宅地であるが続々と亡命者が殺到し、四日夜から五日午前にかけてその数は千三百人に達した。五日午後一時、キューバ政府は特別声明を発表し、強行突破し前からいる二十五名を除き出国の自由を与えると発表した。この出国自由の発表が出た五日土曜日の午後から夜半にかけて約五千人のキューバ人がペルー大使館に雪崩れ込んだ。入口から入れない者は塀を乗り越え、また幼児を抱きかかえた女、老人、子供、主婦のみならず、入院中の者も病院から抜け出し逃げ込んだ。中には身分証明書を捨てた党員が、また制服を脱ぎ捨てた警官が、さらには政府職員、軍の将校まで混じっていた。

五日の夜は、ハバナ市内の到る所で人々がざわざわと騒ぎ、六日の朝亡命者は一万八百人に達した。この時点でキューバ政府は、予想を超えた亡命者数に対処しペルー大使館付近の交通を規制し、立ち入りを禁止した。周辺道路は大勢の警官によって遮断され、住民以外は通行を禁止された。通行禁止とも知らず市の中外から、あるいは地方から亡命者が続々と押しかけ、付近をうろうろし、ある者は衣類をまとめた袋を下げ、またある者はトランクに腰掛け周辺で待機した。その数約五万人に膨れ上がり、入れろ、入れないと揉み合う人でごった返し、キンタアベニーダ付近は騒然とした情勢になった。

キューバ政府は軍隊、警官、民間防衛隊を続々と動員し、地域内に入った約一万人を除き自宅へ帰るよう説得し、六日の夕方から夜半にかけて大半の者が引き揚げたが、まだ諦め切れずに見守る人々があちこちに見られ、付近一帯は異様な情景を呈していた。中には互いに罵倒し、乱闘する者もあり騒然とした情況が六日深夜まで続いた。しかし、夜が更けるに従い強力な警察の力に押され次第に冷静を取り戻した。

亡命キューバ人の受け入れにつき、アンデス共同体五ヶ国は緊急外相会議を開き、ペルーがいち早く千人受け入れを表明した。また米政府が三千五百人、コスタリカ三百人、スペイン五百人、その他エクアドル、ベルギー、カナダなどが受け入れを表明した。さらに欧州移民政府間委員会（ICEM）が五百万ドルの援助資金を出し、スペインのチャーター機二機を借り上げ、コスタリカへ毎日三百人を運び、コスタリカよりペルー、アメリカその他へ送る計画を発表した。

ペルー大使館内にいる亡命者の間でいくつか組織がつくられたが、組織の間は上手くいっておらず、また大使館の庭は狭く、大勢の人息《ひといき》で木が枯れる程に暑く、便所の悪臭など暑さに耐えられず病人が続出、付近に赤十字の診療所が設けられ、また食料、水をキューバ政府が支給するが充分ではなく、亡命者は一日も早い出国を望んでいた。ペルー大使館内の亡命者は、八日夜から自宅へ帰って良いというキューバ政府の指示が出て、二千四百名が通行許可証をもらい自宅へ帰った。しかし内千九百名が同夜のうちに再び大使館に戻ってきた。家が封印された者、付近住民から罵倒され石をぶつけられて帰ってきた者、またペルー大使館を出たら再び戻れないという噂が流れ、慌てて舞い戻った者もいた。

十日頃から革命防衛委員会（ＣＤＲ）が連夜の如く隣組集会を開き、また夜になると、動員された青年共産同盟や中学生が街へ繰り出し「ゴミは出ていけ」「うじ虫共は立ち去れ」「カストロ！　命令して下さい」などと往来一杯にデモ行進し不穏な空気が街中に広がった。また一方、一般の人は出国の道が開かれたという、何となく落ち着かず、街中がざわわした雰囲気となった。キューバ政府は、これ以上亡命者が増えないよう集会やデモで懸命に引き留め策を講じた。また一般人の中には亡命者に対するいやがらせや暴力を振るう者も現れた。家や全財産を置いて、または没収され住み慣れた街を去って行くのであるから、静かに見送ってやれないものかと思った。これが革命の姿なのだろうか。

十六日、スペインのチャーター機二機が、二百三十五名の最初の亡命者を乗せコスタリカへ飛び立った。到着したキューバ人は「自由」「自由」と叫び、ある者は感動を抑えて「私がキューバに戻るとすれば、すべての共産主義者を殺すためである」と報じている。この日、ペルー大統領はコスタリカ大統領に感謝の電報を送り、その中で現在受け入れを表明している国として、アルゼンティン、西独、オーストラリア、ブラジル、ヴェネズエラの各国であり、チリ、英国は考慮中、フランス、イタリアは輸送機関、食料の援助を申し出ており、また欧州共同体は、十七日キューバ亡命者を議題として取り上げる旨述べている。

これより先十五日、ペルー大使館はキューバ政府と再三にわたり協議し、その結果六千三百十七名にパスポートを渡すこと、七百四十七名はパスポートを渡さないが自宅待機させることなど報じている。ペルー大使館構内にはまだ二千五百名が残っており、また六百五十四名の者は出国を断念したと伝えられた。キューバ政府は、女子については年齢制限しないが、男子は十五歳未満で両親に同伴された者に限ると発表した。

コスタリカへ向け十七日は三百九名。十八日は百八十八名が飛び立った。しかし、キューバ外務省は十八日午後コスタリカへの出国を停止すると発表した。キューバ人は目的とする国へ直接行くべきであり、コスタリカを基地として他国へ行くことは許されない。また、コスタリカ大統領が空港で出迎えたことはキューバ政府の立場と一致しない。亡命キューバ人を悪宣伝する何ものでもないと表明した。出国の許可が下り、ハバナ空港へタクシーや小型バスで次々と到着する亡命者を、沿道の群衆が口々に罵り、また空港では動員された市民が亡命家族を罵倒するばかりでなく、卵や石をぶつける者など大混乱した。このため大勢の警官が空港周辺に配置されたが、これは亡命キューバ人を保護するためというより、一般市民が空港へ逃げ込むのを阻止するためであった。

キューバ政府は、ここに到り国内政策上人心を引き締める必要があった。また国外に対しキューバの団結を誇示する必要があり、そのために行われたのが十九日土曜日の百万人のデモである。この日は、ヒロン勝利の日（昭和三十六年四月十九日ＣＩＡの協力を得た反革命勢力千五百名が、ヒロン湾に上陸したがカストロ革命軍により殲滅された日）で、各職場はまだ薄暗い午前六時出勤、すべてのバス、トラック、乗用車を動員しキンタアベニーダ付近へ集結させた。デモはあらかじめ指示した時間で、各職場、各学校、各地域住民単位で編成され、午前六時半開始、午後十時まで、ペルー大使館前を最大の盛り上がり場所として間断なく行われ。テレビは終日このデモの情況を、各現場とヘリコプターで写し放映した。「ゴミは出て行け」「ルンペン出て行け」「カストロ万歳」「ヤンキーカリブから手を引け」「ヒロンと同じく再び勝利を」などのプラカードを掲げ、口々に「ケ・セ・バーヤ」（出て行け）など叫んでいる。年配の男たちや婦人は、われわれも出国の道が開かれたんだと一見明るい表情で、思ったより晴れやかなデモであった。デモが行われたその日、ハバナ市内の道路という道路には人の歩く姿は見られない。すべての市民を動員したデモであった。このデモの最大の盛り上がり場所となったペルー大使館周辺には、警官と民兵が五重六重の人垣を築き、この機会に亡命しようとする者を厳重に警戒した。

この日、不思議なことにカストロ首相はテレビの場面に全く現れなかった。やはりこの亡命騒ぎはカストロにとっても頭の痛い問題だと思われ、革命に協力してくれた市民、特にインテリ層が続々と出国して行くことは淋しいに違いない。しかし、出て行きたい者は出て行けと、亡命自由を決定したのはカストロ自身である。あんなに熱狂的に革命を支持してくれた同志が、自分に見切りをつけて出て行く訳であり、その想いは心痛の極みと思われる。

キューバは革命前、世界第一の砂糖生産国として繁栄し、金に糸目をつけぬ豪華なスペイン風の邸宅が建ち並ぶこのキンタアベニーダ地域は、有数の砂糖財閥の白亜の館が並び、金持ち以外は住めなかった所であり、貧しい者、黒人は立ち入り禁止の地域でもあった。革命前これらの邸宅には多くの日本人が庭師として働いていた。一人で四、五軒の邸宅を受け持ち、人を使って庭の管理を任されていたという。革命後この地域に住んでいた金持ちはほとんど亡命し、今住んでいる住民は、政府や党の要人、公社、公団の長や高級軍人であり、また大きな邸宅は大使館に高額で貸している。

デモに参加するキューバの民兵組織

革命直後、キューバから亡命した者は約七十万人と言われ、内四十万人は米国へ、約三十万人はメキシコ、ヴェネズエラ等ラ米諸国、またスペイン、イタリア等欧州諸国へ亡命した。しかしその後も亡命者は後を絶たない。物資が欠乏し、政治的、社会的自由がなく、何よりも将来に希望が持てないというのが彼らの出国の理由と言われている。亡命した七十万人のほとんどは中産階級以上の人たちで、当時のキューバの人口約七百万人の一割に当たる。彼ら資産階級の住んでいた豪華な邸宅やマンションは革命政府の所有となり、党員や政府職員あるいは労働者階級の住居となった。資材不足のため、長い間補修や修理が行われず、建物は老朽化し壊れ、街は荒廃している。

かつてキューバは、米国向け砂糖、煙草、ラム酒の生産国として繁栄し、また海岸の美しい常夏のこの島は、アメリカの観光客で溢れ、華やかなカリブ海の富める島、あるいはアンティーリャスの真珠の島として欧米の人々の羨望の島であった。

革命により金持ち階級を追い出せば、自分たちも彼らと同じような豪華な生活ができると夢見て、多くの一般市民は革命に協力し社会主義国となった。大企業はもとより小企業に到るまで、またレストラン、商店、床屋、タクシーの個人企業まですべて国営となった。すべての人は公的企業、施設で働く俸給生活者であり、能力のある人、ない人、働く意欲のある人、ない人皆平等に公務員となった。床屋のオヤジ曰く、シャンプーを仕入れるのに関係官庁に申請し、申請書類がいろいろな部署に回付され、シャンプーが手に入るのに三～四ヶ月かかるシステムになったと言い、そんな面倒臭い手続きが嫌で申請しない、一日四人がノルマなので、四人の頭を刈れば毎月月給がもらえるので社会主義は誠に結構な制度であると喜んでいる。

働いても働かなくても同じように月給がもらえるとなれば、また、いくら働いても同じ月給であれば、人々は働かず、従って物は生産されず、この国は段々物がなくなっていった。また、水道の水さえ公のものであるという観念から、アパートの一〜二階に住む者が水を噴段に使い、ポンプが老朽化したこともあるが三階以上は水が出ないアパートが多い。さらに、廊下や出入り口の電灯が日中に点いていていても誰も消そうとはしない。すべて平等の同志であれば些細なことで注意するのをためらうのか、あるいは私有物でないので自分には関係ないとでもいうのであろうか。

企業経営にしても経営者が亡命した後、昨日まで同じ労働者仲間が党員であることから代わって経営者となるが、経営方法を知らないというばかりではなく、同じ労働者仲間に対し、仕事を命じ監督することを躊躇《ためら》うので、企業能率は極めて低下したという。

キューバは暑い国なので、一年間に二メートルのスカート生地の配給で何とか間に合わせているが、食の方は我慢できず闇や横流しが横行している（終戦直後の日本のようなものである）。しかし、カリブ海の陽気な国民性は、夜の涼気と共に元気になり、ぶらぶらと戸外に出て大人も子供も涼を求めて遊び回る。音楽が流れると踊り出す。黒人の男が白人の女と手を繋ぎ生き生きと闊歩している。男女関係も比較的鷹揚《おうよう》で、嫌いになったらさっさと離婚し、男も女も新しい相手を見つけに走るようである。そんな奔放な気質もあり、富める国、自由の国アメリカへと思い立ったら止められない国民性が、政府の躍起の阻止にもかかわらず亡命者が跡を絶たないのかも知れない。

百万人のデモが行われた四月十九日は、早朝から深夜まで騒然としたが、それから二日後四月二十一日、ハバナ市より四十キロ西にあるマリエルの軍港から、四十八名の亡命者を乗せた米国の小型船二隻がフロリダへ向け出航した。翌二十二日には十一隻四百十五名が同じくフロリダへ向け出航した。これら米国籍の小船がどのようにして、フロリダから呼び寄せられたのか、またそれらの船に亡命者を乗せ出航した経緯については明らかではないが、二十三日には九十四隻、二十四日には三百四十九隻、二十五日には九百五十八隻と次々と亡命者を乗せ出港している。これらの小船はモーターボート、釣り船、ヨット等の小型船であるが、連日のようにマリエル港へ続々と入港し、亡命者を乗せフロリダへ出港していた。二十三日四百四十四名、二十四日五百七十五名、二十五日七百二十二名、二十六日九百三名と徐々に増えている。

これらの小型船がどうしてこのように集まってきたのであろうか。当地紙はこの模様をマリエルの港はマストの森になった。これはヤンキー共が仕掛けたことであり、まったく馬鹿げたことだと論評している。しかしキューバと米国とは国交がなく、米国の経済封鎖以来米国船の入港をキューバは認めていない。それにもかかわらずマリエル港に限定しているとはいえ米国船が続々と入港していることは、キューバ政府が入港を認める何らかの情報を流しているに違いない。そしてマリエル港に限り亡命者を自由に運べるという噂がフロリダ在住のキューバ人に広まっていることは確かである。船はいずれも個人所有の小型船であり、噂では亡命者一人につき千ドルの乗船料が相場と言われ、十人運べば一万ドルであり、それを稼ぐために釣りや船遊びを止めてフロリダからやって来たらしい、中には自分の親類、知人を迎えるためにやって来た船もある。当初これら小船による亡命者は、キューバの出国許可は得ているが、米国の入国査証を付与されていない者が大部分であった。米国国務省スポークスマンは、このような入国者は非合法であると発表し、またハバナの米国代表部もこのような海の架け橋はまったく異常なものであると言明している。これに対しキューバ政府は、米国がキューバ人をそそのかし、キューバ船を乗っ取り米国へ出国したことに対抗するものであり、ワシントンと力の対決をすると発表した。このキューバ側の論旨はどうもはっきりしないが、いずれにしてもこのマリエル港からフロリダへの亡命者の流れは大きな危機をもたらし、米国とキューバが直接交渉を引き起こす要因となるだろうと、AFP電は報じている。

マイアミの米国移民当局は、これら不法入国者について一応取り調べはするが、政治亡命者として受け入れる旨言明している。キューバ人は国内では外貨の所持を禁止されており、従って一般市民は米ドルを持っていない。乗船料はマイアミにいる引受人に借金し、あるいは親族や知人が立て替え払いする訳だが、引受人の全部が全部豊かで支払い能力があるとは限らない。しかし、これらの船は引受人が乗船料を払い、もしくは将来支払いの確約を得て引受手配された船であった。

このような情況からカーター米大統領は当初発表した亡命者三千五百人に限らず、すべてのキューバ人亡命者を両手を広げて受け入れる旨発表し、そのための対策費としてフロリダ州に一千万ドルを難民基金から支出すると表明した。この頃、キューバ側は出迎えに来ている船に対し、亡命者一人につきキューバ政府が指定する四人を乗船させなければマリエルからの出港を許可しないと通知した。この突然の通知を受け、亡命者一人の運び賃が一千ドルから五千ドルにはね上がり、乗船料の折り合いがつかず引き返す船まであった。キューバ政府が乗船を要求する者は、主として犯罪者、精神病者、反社会分子であり、服役中の者、保釈中の者、働かずぶらぶらしている者、また身持ちの悪い女など、警察に脅され、中にはどこへ連れて行かれるのかわからずマリエルへ連行された者もいたという。キューバ側は、この際監獄や精神病棟を空にし、不良分子を米国へ追い出す目論みであった。しかし以上の情況はまったく発表されず、受け入れ側の米国もその詳細を知る由もなかった。目的のためには相手を混乱させ、困惑させる社会主義国の政策といえる。

この頃、出国待機のため自宅や知人宅にいる亡命者に対しさまざまないやがらせが行われている。亡命者は出発前に一回だけ散髪や美容院へ行くことを許された。亡命者に対しわざと間違えた振りをして髪を短く切ってしまうことである。亡命者同士は軟禁状態にあり、お互いに顔を見合わせることがないので自分一人がそうされたのかと思う訳だが、男も女も後頭部を刈り込まれていた。

また、各地でいろんな事件が発生している。ある警察の大尉が今回亡命を認められ、出国が近づき家族と出かけたところを、民間防衛委員の女たちに取り囲まれ、車を棒で叩かれるやら「ゴミは出て行け」など聞くに耐えない罵倒を浴びせられ、かっとなった運転手が女性委員長を轢き殺してしまった。近くにいた警官がその運転手を射殺したが、その殺された運転手はたまたま私服だったが、パトロールカーの優秀な運転手であった。亡命する上司とその家族をお別れに送ろうとして射殺された事件である。新聞記事は、女性委員長の英雄ぶりを報道し、その葬儀にはカストロ議長以下党首脳部が参列している。

四月二十七日、この日早朝、コロンビアのドミニカ大使館で各国大使等五十七人の人質をとり、約二ヶ月間占拠していた左翼ゲリラ四月十九日運動（M一九）のグループが、人質十六人と共にハバナに到着した。このゲリラグループを迎えるためキューバ政府は、イリューシン・ジェット旅客機をコロンビア・ボゴタへ差し向け、出迎えている。この日午後、猛烈なハリケーンがキューバ全土に限らずカリブ海一帯を襲い大きな被害が発生した。この日はマリエル港に千五百五十二隻待機していたが一隻も出港できず、フロリダから迎えに来ていた人々は指定されたホテル（高額料金）に避難宿泊した。またフロリダからキューバへ向かっていた多数の船がハリケーンに遭い十七隻が転覆した。米国海軍や沿岸警備隊が救助活動を行ったが、このハリケーンにより七名が死亡している。ハリケーンが過ぎ去った日の夕陽は、真っ赤に燃え、海の向こうにキラキラと輝き沈みゆく光景は何と美しいものだと思った。

マリエル港から亡命者を乗せた小船は、フロリダ半島の最先端キーウエストの小さな港を目指して行くが、亡命者の中には多数の犯罪者やスパイが混じっており、米当局は彼ら犯罪者を見出すのに苦労したと言われる。亡命者はキーウエストで簡単な取り調べを受けた後、フロリダ北西部のフォート・ウォールトン・ビーチに作られた収容所へ飛行機で輸送され、その収容所から毎日約三千人が入国手続きのためエグリン飛行場へ連れて行かれた。手続きが終わり次第、引受人のいる者はそのまま引き渡された。

白人系の若いキューバ人女性は、ニューヨークから来たユダヤ系商人が争って引き取ったが、年配者や男性は引取先がなかなか決まらず、カトリック関係の団体その他が世話をした。しかし続々と入港して来るキューバ人亡命難民に、フロリダ当局は混乱しその対応に困惑した。米国政府は、これは米国だけでコントロールできる問題ではなく、国際間で対応策を決めるべきであると主張し、五月七日コスタリカにおいて全ラ米諸国および西欧諸国が出席し会議が開催された。しかし、キューバ人亡命者はほとんどアメリカ行きを希望しており、米国が主として対応せざるを得ない状況であった。

マリエルからキーウエストまでは海路約百五十キロで七～八時間の航海であるが、晴天の日はフロリダ海峡は波静かであるが、風が吹き海が荒れると、大きなうねりとなり小型のモーターボートでは極めて危険であった。公表では、天候が荒れ船が転覆し既に二十九名が死亡したと発表されたが、実際にはもっと多くの犠牲者が出ていることは確かである・ある船は、長さ十二メートルの小船に五十二人も乗り転覆し、沿岸警備隊の必死の救助活動にもかかわらず十四名が死亡した。また、五十人乗りの船に三百人も乗り込み転覆した船もある。このため米当局はキューバ側に乗船定員を守り、安全輸送を呼びかけたが一向に改められない。この頃フロリダ海峡を渡る亡命難民は、一日平均三千六百人と公表されている。最終的に米国へ亡命したキューバ人の総数は十二万六千人に達し、米国政府は、その保護に多くの予算を支出し、また定住や雇用問題で対策を迫られた。

今回の大量亡命事件の引き金となった亡命自由の決定は、誰が決めたのか大きな謎となっているが、事件の発端になったペルー大使館から警官撤収を発表した四月四日は、対外問題全般を取り仕切るカルロス・ラファエル副首相は、コメコン会議のためモスクワを訪問中であり、十一日に帰国している。また、マルミエルカ外相は、アフガニスタン問題でインドを訪問中であった。そのような状況下で亡命を認めるという重大な決定を下すことが出来るのは、カストロ首相以外には考えられない。これに対し党幹部内では異論がない訳ではなく、外部の者には計り知れない多くの議論があったことが窺える。「出たいものは出て行け」という大決定は、カストロでなければ出来ないことである。食糧難、住宅難その他生活苦に苦しんでいるキューバ国民に対し、出て行きたいものは出て行きなさい、と言うカストロの国民に対する愛情の表れからか、あるいは思うように働かない国民を食べさせるのは容易なことではないという一種の絶望感から、独自の決断を下したように思える。しかし、これ程大勢の亡命者が出るとはカストロ自身予期していなかっただろう。メーデー当日のカストロの長い演説で亡命者を非難してはいるが、それは残っている国民に対するゼスチャーのように聞こえた。亡命者に対するカストロの柔軟な考えに対し、党は反発するかのように犯罪者や反社会分子を根こそぎ出国させているように思われた。

カストロの柔軟な考えに対し「クレムリン」は反対しない訳ではなく、東欧諸国の優等生であるホーネッカー東独議長を代弁者として、近くキューバへ派遣することになった。また、チトー大統領の葬儀に、カストロは非同盟諸国の議長でありながら参列しなかったのも、ブレジネフと顔を合わせたくなかったとの噂もある。カストロの演説を度々聞く度に、カストロは表面的には共産主義者であるが、内実は理想主義者で人間愛のある人と思われた。あれ程熱狂して革命を支持し、協力してくれた市民が、自分に見切りをつけ大勢去っていくことは、カストロ自身酷く寂しいに違いない。

この頃私は、今回の亡命事件につき情報収集のためマイアミへ出張し、某商社のA氏からお話を伺った。A氏の話では、キューバ人の大量亡命はマイアミでは大きな問題となっており、なぜあんなに大勢のキューバ人、それも本来の亡命者ばかりでなく犯罪者、病人、いかがわしい女たちまで受け入れたことに対し多くのアメリカ人は不満であり、特に黒人はキューバ人に職を奪われることに反対し、暴動まで起こしているという。マイアミは、アメリカでも比較的黒人の少ない街で、ゴミ清掃車や港湾の荷扱いは黒人が働いているが、その仕事さえキューバ人が来たために追い出されたという。キューバ人はよく働くのであらゆる分野で就職しているという。マイアミにいるキューバ人は約百万人と言われ、大多数は反革命派であるが、一部親キューバ派もいて、両派の間には多くの組織が出来ており、時々爆弾を仕掛け合うなど、キューバ人同士のいざこざにマイアミの警察は困っているという。

日本は、キューバに対しては現在政府間の経済技術協力は行っていないが、主要商社のほとんどがキューバと取引があり、キューバにとっては日本はソ連に次ぐ貿易相手国となっている（当時）。米国がキューバに対し厳しく経済封鎖を行っているのに、日本がキューバと取引していることに対し、亡命キューバ人ばかりでなく、アメリカ人の一部も日本商社を非難しているという。それは数年前の猛烈な反対ではないがいつ爆発するかもわからず、A氏の所属する商社以外は、マイアミに事務所を置いている日本企業はなく、また、A氏の会社も、マイアミに事務所があることを公表しておらず、看板を掲げていないという。マイアミでは日本車の評判は良く、街を走っている新車のほとんどは日本車であるが、A氏の事務所では、日本車を使うと目立つので米国車を使っているという。日本商社は非難の的であるが、マイアミの主要な商店は、日本の家電製品やカメラ、時計などを販売する店で溢れ、テレビやビデオなど日本で買うより安い。中南米の人々が、マイアミへ行くのは日本製品を買うための旅行であった時代である。これら日本商品は、大体ユダヤ系商人が輸入し日本商社は関係していないと言われる。

私は、A氏にキューバ人亡命者が最初に上陸するマイアミの最先端キーウエストへ行くには、どうしたら良いかと尋ねた。A氏は「それは止めた方が良い。もしどうしても行きたいのであれば警察に通報してから行くべきだ」と強い語調で答えた。どうしてかと質したところ、反キューバ派ばかりでなく親キューバ派の者まで、キューバから来た旅行者はチェックされており、もし目をつけられたら危険だと言う。マイアミでのキューバ人組織はあらゆる職場につながりがあり、亡命キューバ人の大多数は、カストロの現政府に対し怨《うら》み骨髄に徹している者が多く、革命政府に関係のある旅行者が殺された事件も起きていて、日本の商社さえ彼らの怨みの的になっているという。

日本は、政府の経済協力は行っていないが、財界の一部有力者は、カストロに好意的であり、ブルドーザー等建設機械五千台を、後払いで援助するなどの支援を行った。この援助は、その後支払いが実行されず問題となったが、このようなことが亡命キューバ人の怨みの的になっていることは確かである。

革命という名の下に、先祖伝来の財産を一瞬にして奪われ、また、営々と築いた全財産を放置して、着のみ着のまま亡命した者にとって、カストロに対する怨みは骨髄に徹していることは確かであり、その政権に協力する者に対し反感を抱くのもわかるような気がする。

怨みと言えば、キューバで聞いたケネディ米大統領暗殺事件を思い出す。全財産を没収され命からがら米国へ亡命したキューバ人は、極めて強い反カストロ感情を持っており、キューバ反攻の機会をうかがっていた。米国亡命後反カストロ勢力は結集し、キューバ反攻の準備を着々と進め、米国上院議員やＣＩＡの同意を得、ケネディ米大統領に米軍の協力を願い出た。しかしケネディは一隻の軍艦も一兵の協力も認めず、また米国の港から出撃することも許可しなかった。反攻勢力はフロリダで結集し出撃する予定であったが、その予定が狂い、仕方なく中米グァテマラで兵力を結集し、反攻の準備を整え、昭和三十六年四月十七日反攻勢力はキューバ南海岸のヒロンに上陸した。しかしわずか三日間の戦いで全滅し、千二百名が捕虜となり、百七名が戦死した。この反攻作戦は完全に失敗した。米政府は捕虜を引き取るために五十三万ドル相当の医薬品を支払った。米軍の援助があったならば反攻作戦は成功していたのにと、ケネディを怨む反攻勢力が、同大統領を暗殺したという噂である。この噂は親カストロ派から流されたとされるが、暗殺犯として捕らえられ射殺されたオズワルドという名前は、キューバ人に多いことからこの噂を信じているキューバ人は多い。

大量亡命事件も一段落し、騒ぎも少し落ち着いた頃、ハバナで革命家の集まりがあり、世界各地からゲリラや過激派の幹部がキューバへ集まって来た。その集会の終わった九月の末、ある邦人がハバナ市の中心に近いマレコン海岸で重信房子らしい女を見たという。その邦人が夕方いつものように海岸通りを散歩していると、一台の中型の公用車が止まっており、後部座席に一人の日本人の女、重信らしい女がじっと沈みゆく夕陽を、車の中から眺めていたという。

カリブ海の海平線に沈みゆく夕陽は、時として革命の血潮で真っ赤に海が染まるような異様な美しさを感じさせる時がある。

私は、邦人から重信の話を聞き、翌日の夕方、再び彼女が来るかも知れないと思い、仕事が終わってマレコン海岸へ急いで車を走らせた。

海岸に着いた時、丁度カリブ海の彼方に沈みゆく夕陽が大きく燃え、あたかも真っ赤な血潮を流し一面に広がって行く光景は、さながら革命の島キューバを象徴するような眺めであった。エメラルドグリーンの海は、紅と黄金に染まり、夕空は七色に輝き、その美しさは私の心を捕らえた。我を忘れて沈みゆく夕陽の美しさにしばし呆然とし、はっと我にかえった時、私の後ろに誰かが立っているような気配を感じた。私は独り言のように「すばらしい夕陽だな。この自然の美しさに比べたら人間のやっていることなど愚かなものだ」と、さも誰かに聞かせるように言ってみた。そして、誰だろうかと思い後ろを振り向くと、重信ではなく、一人の白人系の少女が悲しい顔をして立っている。私が「どうしたのか」と尋ねると、少女は「マイアミへ亡命した父のことを思い出している」と言い、夕方いつもここへ来て、日の沈むのを見ていると言う。マイアミはこの海岸から目と鼻の先にあり、多くのキューバ人が亡命したが、今なお別れ別れの生活を強いられている家族が多い。私はこの少女を慰めながら、昨日この辺に日本人の女の人が乗った車を見なかったかと聞いた。少女は、確かあの辺にそのような車を見たと言う。

昨日の夕方重信がここにいたとすれば、彼女はどんな気持ちでこの美しい夕陽を眺めたであろうか。二度と再び帰ることのできない遠い祖国を思い出し、あるいは、赤とんぼを追いながら、夕焼け空を見て遊んだ子供の頃を思い出していただろうか。しかし、彼女らが育った時代の日本は、小学校ですら組合闘争の場であったし、学園は紛争に明け暮れ、先生も親も自然の美しさについて話してくれただろうか。日本中が学園でも職場でもデモ一色の時代、若者に世界革命の道を説き、あのような行動に追い遣った大人たち、マスコミや進歩的文化人たちは今どのように思っているだろうか。過激に走った彼ら自身は信念を持って行動したと言うだろう。また、このように世界情勢が変わるとは予想もしなかったかも知れない。特に日本の情況はまったく変わってしまった。彼ら若者を躍らせた大人たちは、素知らぬ顔を装い平和な生活を送っている。その時々の情勢に突っ走った若者は、捨て去られる運命にあるとはいえ哀れな気もする。英雄気取りだった「よど号」乗っ取り犯人たちもすでに四十代（当時）を過ぎ、毎日望郷の念に明け暮れていると報じられている。また、先般人質交換で釈放された岡本公三（テルアビブ空港乱射犯人）も犯した罪はあまりにも大きい。その罪はどのようにしても償えるものではない。彼らをあのような行動に走らせたものは何であったろうか。今思うと馬鹿なことをしたものだと多くの人は言うだろう。しかし、そのような行動をさせた大人たちこそ罪深いものである。

私はそのようなことを考え、カリブ海に沈みゆく夕陽を雄大なドラマを見る思いでいつまでも眺めていた。

海岸には波がひたひたと打ち寄せ、夕暮れになると堤防のあちこちに若い男女が集まって来た。遠くにぼんやりとカリブ海周遊の客船が静かに動いている。

海の上は何と静かだろうと思った。しかし、このハバナからフロリダのキーウエストまでは百五十キロ、海中では今米ソの潜水艦がうようよとうごめき、火花を散らしていることは確かである。現在の平和は米ソを頂点とする両陣営の勢力の均衡の上に維持されている（当時）。そのような二大勢力の伯仲した世界情勢の中で彼ら革命分子、テロリストはどのような役割を果たしているのであろうか。偏った正義感と若い情熱がマルクス・レーニン主義に武装され、過激に走るテロリストたち、目的達成のためには手段を選ばず行動する彼ら、そのような彼らに物心両面の支援の手を差し延べる隠れた組織、その組織を陰に陽に動かし、また巧妙に利用する巨大な国際組織、糸をたどればモスクワの戦略、戦術の中に組み込まれその尖兵として戦っていることになる。

彼らテロリストの目的とする革命とは何であろうか。中米ではキューバ、ニカラグァ革命が一応成功し、また、エルサル、ホンジュラスその他でも反政府ゲリラが活躍している。彼ら自身多くの血潮を流すが、それ以上に一般市民の流す血と不安は計り知れない。革命が成功してその国が良くなり、市民生活が向上するのであれば良いが、現実は悪くなるのがその姿である。それなのになぜ中米で革命の嵐が吹きすさぶのであろうか（当時）。

それは、貧富の格差、富の分配の不平等が根本的原因であると思う。皆一様に貧しければ諦めもつくが、ラテンアメリカにおいては白人、混血、インディオないし黒人という三つの社会階級が歴然と分かれており、階級間の富の格差は甚だしい。上流階級は白人系で資産があり豪華な生活をしている排他的集団である。中産市民階級は、混血系で企業や公的機関の中堅として働き、近代化に大きな役割を果たしているが、資産を所有せず裕福でない。下層階級は貧困と従順で粗末な家に住み、どんな職業でも就けさえすれば良いという貧しい階層である。

革命の目的は、貧富の格差をなくし、新しい社会体制に変革しようとする民族主義的なものを理想としている。しかし、革命が成功し、資産階級に代わり新たに党員という名の絶対的階級が生まれ、それがすべてを握り、市民生活は前より悪くなるのが現実の姿である。そのように革命の成功が単に社会主義陣営を拡張するのみであるとすれば、これを止めさせることは出来ないものであろうか。

イデオロギーや人種、民族、宗教、年代の差を越えて人々には同じ望みがある。それは平和に、幸せに暮らしたい、という望みである。その望みを出来るだけ叶え、充たしてやることにより革命を起こす気持ちを静めることが出来るような気がする。

階級や貧富の差を越えて、また、政府と国民の間にできるだけ対話の機会をつくり、また、富めるものより貧しいものを救う方策を講ずれば革命は防げるのではないだろうか。

ラ米における社会構造を改革し、貧富の差をなくすことは大変なことであるが、これらの国の不都合な税制を見直し、資産家や大企業主よりの徴税を増やすような施策を講じ、それにより得た税収を公共事業や貧しい人々の福祉に振り当て、富の不平等や失業などをできるだけ少なくする。そして、そのような政策を採り社会福祉の自助努力を行っている国に対し先進国は経済協力を行う。さらに、政府と一般市民の直接対話をできるだけ多く実施するように、政府上層部に働きかける。

中米の多くの人々は、革命が成功してもキューバ、ニカラグアの例の如く党員という名の新階級が生まれ、一般市民の生活は良くならないことをよく知っており、政府も国民も、資本家も労働者も、革命で内戦状態になることを望んではいない。中米を含めラテンアメリカの多くの人々は、貧富の格差を越えて平和を好み、歌と踊りを愛し陽気である。音楽が流れると手をたたいて歌い、踊り騒ぐ、その日その日を楽しく過ごす態度である。スペイン征服以来確立されている旧来の制度をあたかも天命の如くに従い、金持ちは金持ち、貧乏人は貧乏人でそれぞれ与えられた生活を過ごしている。多くの人は血を流してまで改革しようとは思っていない。

革命を起こさず内戦を防止し、自由主義体制を維持するためには、先進諸国は単に援助するに止まらず、援助国会議を開きそれらの国々の封建的な体制を見直すよう指導し、貧富の格差をできるだけなくし、政治対話を実施させる施策を考えるべきであり、それはそれらの国々の存続と発展につながり、貧しい人々を助け、世界の平和に貢献するものであると思われる。

## 二十七、南米移住の終焉「ブラジルＪＩＣＡ資産の処分」

昭和五十六年五月、私は一回目のキューバ在勤を終え帰国し、再び本省移住課に勤務することになった。当時、わが国は世界第二位の経済大国に発展し、南米移住の熱気は醒《さ》め、海外移住業務は底を突いた状態であった。これまでの海外移住者の援護や、移住地の支援など残務整理的業務に移っていた。南米移住に代わりカナダやオーストラリア移住が模索されていた時代である。また、既移住地の問題では、アルゼンティンでは、近郊小移住地購入問題や昭和六十一年の移民百年祭計画。パラグァイでは、不振農家対策、イタプア製油商工（ＣＡＩＣＩＳＡ）貸付金問題、昭和六十一年の移住五十周年の実施など。そしてボリヴィアでは、ＪＩＣＡ現地通貨建融資問題や移住者子弟教育問題。さらにドミニカでは、移住者の土地所有権取得問題や、ＪＩＣＡ融資問題などの残存業務が主な事務であった。

中でも記憶に鮮明なのは、昭和五十七年四月から五月にかけブラジル移住地のＪＩＣＡ資産処分調査のため、大蔵省理財局監理課長補佐徳河勲氏に同行し、ブラジル移住地を視察したことである。昭和五十六年九月ＪＡＭＩＣ（移植民有限持分会社）、ＪＥＭＩＳ（金融援助株式会社）の解散に伴い、処分を要することになったＪＩＣＡ（国際協力事業団）ブラジル支部資産（土地・建物）の現地調査である。

本件資産調査は、大蔵側の希望で、処分について関係日系団体等からの陳情はできるだけ受けつけないという方針で調査に当たった。従って物件の状況説明は、主として現地ＪＩＣＡ支部長が行い、止むを得ず現地移住者団体から説明をうけなければならない場合でも、処分についての陳情は受けないこととした。グァタパラおよびバルゼア・アレグレの二移住地では、移住者側の要望で移住者代表と懇談の機会を設けたが、主として移住地の一般的説明を受け、移住者側は、資産処分に当たっては移住者全般の利益になるようお願いするとの穏やかなものであった。

調査した移住地は、（一）マナオス支所関係ではエフゼニオ・サーレス移住地の移住者収容所および学生寮二棟ならびに共同販売所。

（二）ベレーン支部関係では第二トメアス移住地の小学校四校、教員宿舎六棟、学生寮、診療所、医師宿舎、治安事務所、職員宿舎その他。また、公共用土地、道路河川敷等。その他アマゾニア熱帯農業総合試験場など。

(三) レシフェ支部関係では学生寮一棟。

(四) リオ・デ・ジャネイロ支部関係ではフンシャール移住地の土地、建物(小学校二校、収容所二)

(五) サンパウロ支部関係では、工業移住センターの土地、建物八棟。ジャカレイ移住地農業移住センターの土地、建物七棟。グヮタパラ移住地の土地、建物十棟。ＪＩＣＡ支部事務所建物。バルゼア・アレグレ移住地の土地、建物七棟。牧場用地二千五百二十ヘクタール、建物五棟等であった。

ブラジルの移住地には、連邦政府移住地、州政府移住地、ＪＩＣＡ直営移住地、民間の移住地、雇用・分益農移住地等があるが中でもＪＩＣＡ直営移住地が主要な移住地であり、また今回処分の対象となっているものである。見て回った移住地は処分対象のすべてではなかった。物件の個数、面積等について移住課作成資料(ＪＩＣＡ作成昭和五十五年度財務諸表より抜粋)と、現地ＪＩＣＡ支部記録が異なっているものがかなり見受けられた。木造建築物などですでに耐用年数を経過し、ＪＩＣＡ総裁より廃棄処分の承認を受けておりながら、財務諸表から抹消していないなど、帳簿上現存している建物が大分あるように見られた(例えばアマゾニア熱帯農業試験場の旧建物その他)。資産処分対象の物件の確定、処分方法につき移住課、ＪＩＣＡ本部、現地支部の間で今一度確定調整する必要があると思われた。

また、個々の物件について、処分される資産の物件説明書、特に物件の所在地、数量、取得価格、評価方法および評価額、取得原因、支出科目、取得または設置目的、運営主体等を定型フォームによりJICA本部に作成させておく必要があると思われた。

今回、JICA資産を処分する原因は、昨年（昭和五十六年）九月三十日JAMIC、JEMISの解散に伴うものと、また、JICA直営移住地で入植計画が条件通り満たされたとして、伯国政府（移植民院）よりエマンシパソン（管理権の解除）を承認された移住地（ジャカレイ、ピニヤール、フンシャールの三移住地）であった。資産処分の法的根拠は、国際協力事業団法第三十五条に「事業団は重要な財産を処分しようとするときは外務大臣の認可を受けなければならない」と規定し、また、同法第四十二条に「許可しようとするときは大蔵大臣と協議しなければならない」と定めている。

また、事業団の財務および会計に関する省令第二十条に「重要財産とは土地、建物その他の財産」と規定し、同第二条に処分の認可申請書に記載すべき事項と、同申請書には相手方が処分に応ずることを証する書面を添え提出しなければならないと定めている。すなわち、国有財産法に基づく処分のように詳細な処分規定や規準、あるいは同法に基づく評価委員会というような規定がないので、JICA資産処分については、比較的広範な判断ができると解され、その判断の基礎は、一つは政策上の判断、すなわち資産取得設置の目的に適った処分であるか、また、譲渡先および譲渡後の使用目的が、広く移住者のために有効な処分であるかなど移住政策上の判断かと思われる。もう一つは、国の出資金または交付金によって資産を購入設置したという資産の公的性質上の判断かと考えられる。

判断の基準すなわち処分の認可方法について、団法なり省令に細かく規定していれば、それを適用することで問題はないが、その規定がないとすれば、判断の基準をどちらにウエイトを置いて判断するかによって処分の方法が違ってくると思われる。

今回処分されるＪＩＣＡ資産は、主として国の移住政策の目的のために取得設置されたものであり、これらの資産は将来移住先国機関なり、移住者団体に譲渡され、有効に使用される目的をもって設置された資産であるならば、その処分に当たっては政策判断に重きを置くべきことは当然のことであると思う。その辺の事情について大蔵当局に理解していただくことは大変難しいことであり、また、政策判断までも大蔵当局に求めることは無理なことであると思われる。

今回処分の結果が、移住者の利益に大きく繋がっていることでもあり、現地移住者、日系団体、現地マスコミが異常な程高い関心を持っており、また、移住関係議員の諸先生方も深い関心を示しておられることは周知の通りである。有償譲渡とか無償譲渡あるいは低額譲渡乃至は適正価格など、いろいろな結論が出るかと思われるが、公共のための使用目的であれば、減額譲渡など将来に向かってできるだけ適切妥当な判断を導くために、さらにはまた判断の公平を期するために、できるだけ多くの関係者の要望なり御意見を聞く姿勢が必要かと思われる。

現地移住者、移住者団体、ＪＩＣＡ支部、在外公館、ＪＩＣＡ本部、本省移住課、大蔵省当局それぞれの立場や政策判断から多くの意見なり要望があると思われ、またそれらの意見を統一調整することは難しいが、要望意見を記録整理乃至は集約し、少なくとも移住者関係団体、現地公館長、ＪＩＣＡ上層部の要望を文書をもって取り寄せておくことが必要かと思われる（団法に基づく処分なのでこれは必要要件かと思われる）。また、移住課、ＪＩＣＡ本部職員で構成する小委員会を設け、自由な立場で発言を求め、できる限り総意に近い結論を出し（異なった意見も記録し）、大蔵協議に臨むことが必要かと思われる。

以上のような調査結果に基づき、ブラジルＪＩＣＡ資産の処分に当たっては、大半の資産は耐用年数を経過した物件が多く、また設置目的を果たしており、移住者団体乃至は移住関係機関の財政状況を考慮し、譲渡するに当たってはできる限り低額で、例えば公共目的であることで半額譲渡、さらには移住政策目的で設置された物件を、移住者団体に対する譲渡であることからさらに低額譲渡が望ましい旨具申した。

私はその後、日系人対策やパラグァイおよびボリヴィア担当に職務が変わり、ＪＩＣＡ資産の処分には直接関係することもなく、昭和五十九年九月グァテマラへ赴任することになった。

ＪＩＣＡ資産処分調査で、思い出すことはいろいろあるが、特にバルゼア・アレグレ移住地のことである。同移住地はボリヴィア国境に近く、かつて問題のある移住地として新聞で批判されたが、昭和四十九年、移住地内東西を貫通する国道が完成し、カンポグランデ市（人口三十万人）までの交通の便（四十五キロ）が良くなり、移住者の組合であるバルゼア・アレグレ産業組合がＪＩＣＡの融資を受け、近代的な飼料工場を建設し、良質な飼料を供給し、同組合が鶏卵の販売を一手に引き受けるなど軌道に乗り、全戸百十五戸のほとんどが、ＪＩＣＡ融資で鶏舎を建て、養鶏専業農家（一戸平均一万羽）となり極めて活況を呈していることであった。

バルゼア・アレグレ移住地には隣接してＪＩＣＡ直営牧場がある。まるまると太った牛二千頭を飼育し、牧場用地は何と二千五百二十ヘクタールと広大な牧場である。一・二六ヘクタールに牛一頭という恵まれた牧場であった。現地産業組合に二億円で譲渡されたと聞き、その夜、私は広大な牧場主となり、馬に乗り嬉々として飛び回っている夢を見た。なぜそのような夢を見たのか、心のどこかにそんな夢があったのかも知れない。移住された方々も、行く末は大農場主、大牧場主を夢に描き移住された人々が多いのではなかろうか。その夢が叶えられた人もいるだろうし、まだ達成半ばの人もいるだろうと思われる。

思えば、かつて日本人は大きな夢を描いていた。朝鮮半島・台湾を開発し、五族協和の満洲国を建国し、中国大陸を支配し、南洋諸島の開発など夢はあまりにも大きかった。それを阻止しようとする欧米列強と戦い、徹底的に破壊された。夢は大きすぎても駄目だし、やはり程々が良いのではなかろうか。

バルゼア・アレグレでもう一つ思い出すことは、小野田寛郎氏（フィリピンで救出された元日本軍将校）の牧場である。まだ完成されていないことでもあったが、牛の太り具合から見て、まだこれからというように見受けられた。

## 二十八、グァテマラ在勤「経済協力の実態」と「屋須弘平」そして「日本人の心」

私は昭和五十九年九月から昭和六十三年十月まで四年間在グァテマラ日本大使館に勤務した。

グァテマラは中米の北西部に位置し、北と西はメキシコに、東はベリーセ、ホンジュラス、エル・サルバドル諸国と接しており、南は太平洋に面している。中米五ヶ国の中では一番大きいが、北海道と四国を合わせた位の大きさである。グァテマラ・シティは標高千五百メートルで一年中春のように爽やかで、当時は車も少なく、ブーゲンビリアの花が咲き乱れるのんびりした街であった。かつて中米・パナマを管轄するスペイン総督府が置かれ、約三百年間スペインの統治下にあった。メキシコ、リマ両市に次ぐ政治、宗教の中心地として栄えていた。一八二一年独立を宣言し、一八二三年中米連邦共和国に参加し、その後、連邦は解散したため一八四七年共和国として独立した。

グァテマラに対する日本の経済技術協力は、「治安が悪いから」という理由で、本省に対する申請が長い間ほとんど行われていなかった。近隣の中米諸国に比較し、突出して治安が悪い訳ではなく、大使館員の主観的判断の相違と思われるところがあった。また、中米の他の国は、アメリカの支援により治安を維持している状況であったが、グァテマラは自力でゲリラと戦い、治安を確保しているという自立心があった。陽気なラテン・アメリカ人のイメージからすれば、グァテマラ人の物静かな（陰気な）振る舞いが逆に警戒され、恐れられたとも考えられる。グァテマラ・シティは、中米最大の都市であり（現在人口二百十五万人）、それ故に犯罪も多いと思われるが、いずれにしても近隣のエル・サルバドルやホンジュラス並に経済技術協力を行うべきと考え、いろいろな協力案件を発掘し本省へ要請した。

当時、エル・サルバドルやホンジュラスその他には青年海外協力隊員が大勢派遣されていたが、グァテマラには一人も派遣されていない状況であった。グァテマラ側の保守的な考えにも問題があったことは確かである。ある時松村大使に随行し、某省次官を訪ねた時「遠く離れた日本がなぜグァテマラに経済協力したいのか」と不思議そうに尋ねるなど、わが国がまったく善意から、グァテマラの開発に貢献したいということが理解されない時期があった。現在の友好協力関係からは考えられないことである。

その後、日本から派遣される経済技術協力専門家の豊富な知識と熱心な活動、そして真剣にこの国の開発発展に貢献する態度を見、日本の経済技術協力に対するグァテマラ側の理解と協力が徐々に深まっていったことは確かである。私がグァテマラに赴任し、経済技術協力関係で実施した案件（昭和六十二～六十四年度）は次のようなものであった。

㈠　プロジェクト方式技術協力要請案件

ア、稚エビ養殖センター

イ、中米・カリブ熱帯病研究所

ウ、電力庁技術訓練センター

エ、職業訓練庁に対する協力（鋳造部門）

㈡　開発調査

ア、グァテマラ国際空港整備計画

イ、三国国境地帯非金属鉱物資源開発調査

ウ、サラマ・チカフ灌漑・農業開発計画

エ、水資源開発計画（シャヤ・ピシカヤ、グァガラテ）

オ、首都圏生活用廃棄物処理計画

カ、（昭和六十四年度開発調査要請予定）

(1)首都圏総合交通網整備計画

(2)首都圏生活用廃棄物処理計画

(3)チキムラ地域非金属鉱物資源企業化調査

(4)サラマ・チカフ灌漑・農業開発計画

(三) 専門家派遣（昭和六十二年度）

ア、現在派遣中

(1)グァテマラ電気通信公社　二名
(2)農牧者漁業養殖部　一名
(3)マラリア撲滅対策本部　三名
(4)農牧者農業科学研究所　一名
(5)エネルギー・鉱山省　一名
(6)職業訓練庁　一名

イ、昭和六十三年度派遣検討中のもの

(1)電力庁技術訓練センター　五名
(2)花卉園芸（農牧省）　一名
(3)教育テレビ網（教育省）　二名
(4)治水（公共事業者）　三名
(5)農業開発アドバイザー（経企省）　一名
(6)南部排水改良計画（農牧省）　三名

ウ、当国関係機関より派遣要望あるもの

(1)鋳造専門家　一名

(2)コンピューター操作専門家（大統領府）　二名
(3)エビ養殖指導専門家　一名
(四)研修員受入
ア、昭和六十三年度受入済のコース　中小振興、水力発電等計十三コース
イ、受入手続中のコース　熱帯医学研究、マラリア対策等計九コース
ウ、カウンターパート研修　鉱山技術、水産養殖等計四コース
エ、個別一般研修　職業訓練協会セミナー
(五)単独機材供与
ア、昭和六十三年度
(1)貯水池建設用機械（トラクター、パワーショベル等）農牧省
(2)道路補修用建設機械（ブルドーザー、油圧シャベル等）公共事業省
(3)医療用機材器具（各科診察、手術、検査用機材）国立ルーズベルト病院。倉成外務大臣当国訪問時（昭和六十二年九月二十九〜三十日）供与を表明された小規模単独機材（胃腸病検査機材）一千万円のうち五百四十五万円の機材供与。差額四百五十五万円相当の機材については追加要請した。
イ、昭和六十四年度
(1)視聴覚教育機材（教材制作ビデオ編集システム）職業訓練庁

⑵道路補修用建設機械（ブルドーザー、油圧シャベル等）公共事業省
⑶医療用機材器具（各科診療、手術、検査用機材）国立ルーズベルト病院

当時、グァテマラにはまだ青年海外協力隊の派遣は実施されておらず、実施のための調査段階であった。また、有償資金協力すなわち「円借款」もこれから実施という時期であった。しかし、前記のようにグァテマラのような小国に対しても、わが国の経済技術協力は多方面にわたり実施した（商社・メーカーなど当国に駐在する日本企業すべてに経協案件が行き渡るように配慮した）。当時、わが国は世界第二位の経済大国として、アジア、中近東、アフリカ、ラテン・アメリカのほとんどの開発途上国に対し経済技術協力を行い、その実績は、アメリカを凌ぎ世界第一位の援助国であった。日本の経済協力は、貿易黒字の減少策の一環であるとも言われ、また「世界に貢献する日本」あるいは「援助大国日本」と言われていた時代である。

アメリカの対日政策上の強い要請で「国際的責任」とか「応分の負担」を強いられたが、日本人自身の道義的善意からまた経済大国としての責任から、開発途上国の開発に寄与し「国際貢献」したいという使命感の現れでもあった。その頃平成元年の「政府開発援助」（ＯＤＡ）は、一兆三千四百億円と高額で、日本の総人口一億二千二百万人であるから老人、子供を含めて、日本人一人当たり年約一万一千二百円を途上国の開発援助のために負担していたことになる。わが国の経済協力が、途上国の人々の援助に真に役立った援助であったのかどうか、一部マスコミにより批判されたが、多くの開発途上国の開発発展に寄与したことは明らかで、

特にアジアの国々が目覚ましい発展を成し遂げたことを見れば理解できる。日本の経済協力に対して途上国がどのように理解していたかは計り知れないところであるが、経済協力の効果として多くの国がわが国に対し極めて親日的であることは確かである。ただ、中国や韓国のように日本の経済技術協力により発展しておりながら、援助は当然のことのように思い、わが国の経済協力を自国民に知らせることもなく、感謝の気持ちのない国もある。

経済技術協力の実施体制を見直し、海外援助庁を新設すべきとの意見もあるが、現在、外務省およびその所轄下のＪＩＣＡ（国際協力事業団）、そして四省庁（外務省、大蔵省、通産省、経済企画庁）の協議体制で経済協力は運営されており、さらには技術協力の内容により農水省、国土交通省その他の省庁が担当している。在外においては、大使館など在外公館が相手国政府と折衝する窓口となっている。この体制を改め、新たな機関を設けることになると膨大な予算、人員を要し、屋上屋を重ねることとなる。現状の在外公館等をフルに活用することの方が、経済的でありまた効率的ではなかろうか。必要なことは、在外公館の経済協力担当職員の能力を向上させる施策ではなかろうか。そのためには、赴任前研修で経済技術協力業務全般の適切な研修を義務づけ、さらには適切な手引書を交付するなどの対策が望まれる。経済技術協力業務は、豊富な知識と経験を要する職務であり、また事務能力ばかりではなく、事業意欲の有無に左右される業務でもある。

グァテマラでは私は経済協力の他に領事も担当していたので、在留邦人や邦人旅行者のことでいろいろな事故や事件の対応にも関係していた。なぜ領事も担当することになったかの理由であるが、当時日本人学校の先生方と大使館の関係が、ぎくしゃくしており、例えば日本人学校が事前調査し問題なしとして計画した修学旅行の行き先について、そこは危険だから取り止めるようにと大使館領事担当の個人的判断から急遽指示したため、学校側は困りその対応に苦慮するなど、そのような事例が度々あり、日本人学校と大使館の関係が拗《こじ》れていた。これはまずいと思い領事担当を引き受けることとした。在外日本人学校（現在世界五十一ヶ国、八十九校）は、当該国の法律の関係で、大使館の付属施設として設置しているため、大使館の管轄下にあり、細かいことまで大使館が口出ししている場合が多い。しかし、学校教育の素人がその場限りの思いつきで指示することには問題があった。私は本省領事課で日本人学校業務も担当していたこともあり、学校担当も兼務した方が良いと考え領事も担当することになった。それ以降日本人学校と大使館は良好な関係になり、日本人学校校舎の新築準備の話し合いなど業務が進展した経緯がある。

また、領事事務関係ではいろいろなことがあった。ある時、市内のホテルから日本人の気狂いがいるからすぐ来て下さいとの電話があった。急いで行ってみると、気狂いでも何でもない一人の日本人若者がいた。ホテル側の説明によると、パスポートをテーブルに置いたまま歩き回り、またお金を見せびらかしながら数えていたという。この国ではパスポートは身分を証明する大切なもので、所持していないだけで逮捕される。またお金を人前で見せびらかすのは気狂いに違いない、と思ったというのである。当時、日本人の多くは人を信用し、防犯意識が薄く、警戒心の強い外国人から見たら気狂いと思われたのかも知れない。私は、その若者に、日本にいる時のような気楽な気持ちでは誤解を招くので気をつけるようにと説明した。

外国人の警戒心といえばこのようなことがあった。カナダ人学生グループと一緒に旅行していた日本人青年が、アティトラン湖でボート転覆死し、その遺品を預かっているからと大使館に通報があった。行ってみると、カナダ人学生グループは、その遺品を警察が預かりたいと言ったが、私たちが行くまで警察に渡さず待っていた。警察に渡すとカメラなど取られてしまうと思ったらしい。外国人はそれ程までに警戒心が強い。なお、転覆死した日本人は連日の捜索にもかかわらず発見されなかった。

また、領事関係ではこのようなことがあった。アンティグア市裁判所の予審判事から大使館に電話で、二人の日本人が麻薬所持で逮捕されているが、疑わしい点があり、予審判決をためらっているとのことであった。留置所で二人の日本人に面会すると、一人は関西の有名私立大学の学生で、もう一人はフリーカメラマンであった。二人共麻薬所持は否定し、何で拘束されているのかわからないと言い、いたって気楽に構えている。彼らが逮捕されたホテルは、アメリカ人がよく利用し、麻薬で問題になっているホテルであった。裁判の起訴調書では二人共麻薬の所持および使用を認めていた。これは大変なことになると思い、アンティグア市の予審判事（黒人女性であった）を訪問し、「日本人の法科学生がそのようなことをする訳がない、スペイン語がわからずサインしたものと思われる」と嘆願した。予審期間が過ぎすでに起訴状は上級審に送られていた。上級審の裁判官を教えてもらい、同裁判官に嘆願し無罪釈放してもらった経緯がある。二人には日本へ帰国した方が良いと伝えたが、おそらく南米旅行を続けたものと思われる。

領事関係業務では、また危険を伴うこともある。ティカル遺跡の近く、国道検問所の棒（道路を遮断する棒）にオートバイに乗り激突し、即死した日本人青年の遺体を引き取りに行き、帰路葬儀屋の小型飛行機の座席に遺体を座らせ運ぶ途中、嵐に遭遇し遺体は酷く揺れ、視界ゼロのなか山に衝突しそうになった危険なこともあった。

なお、領事事務では旅行者が盗難・紛失などに遭い金銭的に困った場合、応急対策費（当時は三百ドルであったが、現在は増額されていると思う）で対応したり、また、国援法により帰国させることもできるが、グァテマラではそのような事例はなかった。

さて、グァテマラ在勤で特記すべきことは、中南米移住の先駆者である屋須弘平（一八四六～一九一七）の墓碑を個人的に寄贈したことである。

屋須は、一八四六年（弘化三年）岩手県東磐井群藤沢町に生まれた蘭学医である。戊辰戦争では幕府側すなわち賊軍として、敗北の憂き目に遭い、屋須は日本脱出を試み、明治七年、金星観測のため来日したメキシコ観測隊長ディアスの通訳となりメキシコへ渡った。その後、グァテマラ駐在公使となったディアスに伴われ一八七八年（明治十一年）グァテマラに移住したが一時帰国し、高橋是清に頼まれペルー銀山開発に参加した。その事業はペルー人に騙され失敗に終わり、船で鉱夫を日本に送り届ける途中、一八九〇年屋須は再びグァテマラに立ち寄り、アンティグアに移住することを決め同地で写真館を経営した。彼の誠実な人柄はグァテマラの人々、特に同地はかつてスペイン総督府のあった所であり教会も多く、宗教関係者に感銘を与えた。屋須の写した貴重な写真は、アンティグア市人類歴史研究所（CIRMA）に多数保管されている。屋須のグァテマラ移住は、一八九七年の榎本移民（メキシコ）、一八九九年のペルー移民、また、一九〇八年のブラジル移民より早く、中南米移住の第一号ではなかろうかと思われる。しかし、ノリエガ家の墓地には彼の墓碑がないことがわかり、私は臨時代理大使のN書記官や在留邦人の親しい友人二・三の人の協力を得て、アンティグア市サン・ラサロ総合墓地内ノリエガ家の墓地に、屋須弘平と妻マリアの墓碑（大理石）を発注し、ノリエガ家に寄贈した。また、遺品展示ケースを作成し、ノリエガ家に設置することができた。なお、最近知り得たことであるが、屋須の出身地藤沢町がこの遺品を買い上げ、同町屋須記念館に展示しているとのことを聞き、大変よいことだと思った。

屋須弘平の伝記については、小山卓也氏の『遥かなる北の青春』の中で詳しく書いてあり、また、寺田和夫東大教授が「現代ラテンアメリカ論」の中で「もし屋須がグァテマラより早く帰国していたら、あるいは高橋是清にその才能を買われ、ペルー鉱山開発に赴かなかったら、明治のひとかどの人物として活躍できたであろうと。だが屋須は日本での栄進の道をとらなかった。……」と書いている。

私が、初めて屋須の伝記を読んだとき、戦後、長い間私たち日本人が忘れていた誠実に生涯を送った先輩や先達について語る心を思い出した。そして、その感動が、屋須の故郷藤沢町とアンティグア市を姉妹都市へと繋げることに発展し、屋須の記念碑を同市の中央公園に建立し、アンティグア市並木通りをフジサワ通りと命名する案まで計画が進んだ。この姉妹都市の締結については、駐日グァテマラ大使、アンティグア市長、また、元外務政務次官で岩手二区選出の志賀代議士、佐藤藤沢町長、前記著者小山卓也氏らのいずれも積極的なご賛同を得た。しかし、推進役のアンティグア市長が急逝し、私もキューバへ転勤するなど、この計画が立ち消えになった残念な思い出がある。

屋須弘平は「ここは私の祖国以上のものである。何となればこの国により私の魂が復活したからである……」と記し七十二歳の生涯を終えた。屋須の心は、このスペイン総督府のあった中米の古都に魅せられ、また、春夏秋冬のへだてなく花咲くこの地を愛し、あるいは信心深い屋須は、異教の教えに強く引きつけられたのであろうか……。

屋須の伝記『遥かなる北の青春』の著者小山卓也氏は、岩手県盛岡第一高校の教師時代、屋須弘平の一生を生徒に教えた。先生の教え子四人が昭和六十一年から六十三年にかけ外交官試験に合格し入省したとのこと、その話を私は小山氏からの手紙で知り、屋須弘平の話に魅せられた青年が、海外に夢を抱き、外交官として世界に羽ばたいたのではなかろうかと思った。同じ高校出身から立て続けに四人も合格し、外務省も驚き同校を取材した由である。

私はグァマテマラに赴任して間もなく「日本人の心」と題し次のような記事を霞関会会報（外務省）に投稿した。いま読んでみても当たり前のことを書いているが、三十五年前の当時、日本のマスコミは反日一辺倒の時代、このようなことを書いたら批判された時代でもある。外国にいたから、また大使館員であったから書けたと思う。その全文は次のようなものであった。某大企業の社長さんはこの文を読んで転載許可を霞関会に申し出た由である。

「これは、キチエという国の古い歴史の始まりである、という書き出しのポポル・ブフ序文は、グァテマラに秘められた多くのナゾに私を心から引き付けてくれるものがあります。しかし、着任して早や五ヶ月になろうというのに、私はまだこの国のことは深くは知らない。ただ、気候は春のようにさわやかで、政情は一見静かであるということ、しかし、この揺れ動く中米にあって、この国の静けさは何時どのように変っていくかは予断の許さないところであります。

先日、私は日本人学校卒業式に来賓として出席し、祝辞を述べる立場にありました。しかし、何を述べたらよいのか迷っていました。

式場正面には日の丸の旗が鮮やかに飾られ、テーブルの横には美しい花が置かれていました。私が小学校の卒業式に出席するのは何十年振りであろうか、長女の時も次女の時も都合で出席できなかった。四十三年振りに見る卒業式である。それは小さな卒業式であったが、異国において真新しい日の丸を見ているうち、ふと私は小学生のころの日本を思い出し次のような話をした。

『私が小学校のころの日本は海外に多くの植民地を持っておりました。その勢いでアジア人のアジアを作るんだと言って欧米列強をアジアから追い出し、当時の日本人は、小学生にいたるまで民族の誇りと自信にあふれていました。

毎朝学校へ行くと先生が、昨日は香港、今日はシンガポール、明日はマニラと連日のように勝ち進む日本軍の活躍振りを話してくれたものです。

しかし、日本は戦争に敗けて何もかも失ってしまいました。世界の人々はもう二度と再び日本は立ち上れないだろうと言いました。島国の日本が世界四十八ヶ国を相手に戦争し完全に焼け野原となり、その上原子爆弾まで落されたのですから世界中の人々がそう思うのは無理のないことです。

けれども今、グアテマラの町を見ていても日本の自動車がいっぱい走っています。また、日本人学校も各地に作られました。自動車、テレビ、ラジオ、船にいたるまで世界第一の生産国になった訳です。私が最初に南米に勤務した二十年前には日本製自動車は一台も見ることができませんでした。

このように日本は再び発展した訳です。戦争により住む家もなく、食べるものさえなかった敗戦後の日本、そして資源のない島国日本がこのように発展できたのは何故だと思いますか。それは、日本を取りまく環境が平和であったことも大きな理由でありますが、日本人のエネルギーは戦争に敗けても滅びなかったということです。そのエネルギーの源は、古来から培かわれた日本の文化すなわち日本人の心だと思います。戦争は日本人の心までも滅すことはできなかったのです。

しかし、戦後、あまりにも物の豊かになった日本、そして経済大国になった日本ですが、精神的には貧しい国であると世界の人々は言うようになりました。

それは何故かと申しますと、これまで外国人が日本人についてのイメージとして持っていた礼儀正しさ、正義感、社会奉仕の心、長幼の序というものが最近の日本人には失われているからです。失われたというよりそれらの道徳観念を敗戦により日本人自身が否定し、教育されることに抵抗したためもあります。そして、戦後教育の重点は個人主義、自由主義となり、道徳により個人を縛ることは悪いことであるとさえ言われました。

その結果として、自分さえよければ、また、金さえもうければ他人はどうでもよい、さらに悪いことをしている人を見て見ないふりをする日本人が多くなったことです。

良い社会というのは、他人を尊重し、お互に協力し、助け合う社会だと思います。どうか皆さんも大きくなったら立派な社会人、国際人になって欲じいと思います。それにはまず立派な日本人になることです。

南米の国々あるいはアジア、アフリカでも古来太陽を神として拝んでおります。それは太陽がなかったら人類は一日として生きてゆけないからです。その太陽を日の丸として、国旗としているのが日本です。南米の人々がよく言うんですが、太陽を国旗としている国とはすばらしいことだと、うらやましがられております。

しかし、現在の一部の日本人はそうは思わないんですね、交通信号のような三色旗または赤旗にしてしまえと言う人さえおります。古くてもすばらしいものは良いものとして残して行かなければなりません。そうしないと浅はかな日本人として世界の人々から馬鹿にされます。

皆さんも、これから新学期が始まるまで自分たちの祖国日本とはどんな国なのか良く勉強して欲しいと思います。ただ私は残念に思うのですが、日本は良い国であるのに、戦後そのことを言う人を批判し（批判する人も本心は良い国だと思っているかも知れませんが）、また、占領政策によりことさら日本のみを悪く書いた教科書が今なお続けられているということです。

私は何も戦前の日本に戻れと言っているのではありません。いずれの民族にも古来から培った民族の心というものがあります。人を敬い、お互いに助け合い、長幼の序を守った日本人の心を受け継いでほしいのです。しかし、その日本人の心は戦後教育では一般的に教えられなかったかも知れません。また、教えても批判力の強い若い人には聞く耳がなかったかも知れません。けれども今からでも遅くありません。日本人の心を知っている大人たちは、それを折にふれ子供たちに教えるべきだと思います。

古来からの日本の美徳は、そのまま現在の世界にも通ずるものであり、またその心は、世界の人々からも尊敬されるものであると思います』と話しました。

子供達や若い先生、お母さん方は、目を輝かせて聞いておりました。

とかく戦後の教育は、日本の悪いこと、間違ったことばかりを強調し、子供達に夢や希望を失わせ、小中学生の自殺、校内暴力、家庭内暴力に走らせる原因がそこにあるように思います。

かつて日本人には、大人も若い人も子供も一緒になって、美しい山河を見、静かに語り合う心がありました。しかし今、日本の高年層は寂しく沈黙し、中年はブラブラすることで心の空白を充たし、壮年は会社では窓際、家では粗大ゴミと言われ、青年は好き勝手に振る舞い、そして少年達は夢がなくなったように思えます。

戦後四十年、それは、マスコミに駆り立てられた日本人同士のイデオロギーの長い長い闘争の時代でもありました。今、その闘争が無益なものであると日本人が気付いた時、本音で日本人の心について語れる時代がやってきたように思います」。

# 二十九、キューバ在勤二回目「カリブ海の真珠の島」と「中南米一大きい日本庭園をつくった話」

私は昭和六十三年十月、グァマテマラで経済協力の多くの仕事を残し、キューバへ転勤することになった。私としては、経済協力の仕事に目処《めど》がつき軌道に乗せてから転勤したかったが、本省としては、グァマテマラに四年もいたので、人事の遣り繰りからと思われるが、役人の人事は大体そのようなものであった。キューバは二回目の勤務となり、勝手の知った国であり、気楽な気持ちで赴任することになった。前回で書かなかったのでまずキューバの歴史の一端に触れてみたい。

今から五百二十六年前、一四九二年、アメリカ大陸（西インド諸島）を発見したコロンブスは、サンサルバドル島に続きキューバ島を発見したとき「これこそ人間が見た最も美しい島、アンティーリャスの真珠の島だ」と叫んだ。スペインは西インド諸島征服後、一五二一年にはコルテスがメキシコを、一五三二年にはピサロがペルーを征服し、中南米大陸に、途方もない広大な海外帝国の所有者として、ヨーロッパ最強の国家となった。そしてスペインは、中南米から運ぶ金・銀財宝や各種産物の中継地としてキューバを選んだ。

カリブ海には、四つの大きな島がある。正式には西インド諸島の大アンティール諸島と呼ぶ。一番大きな島はキューバ島、次に現在ドミニカとハイチのあるイスパニョラ島、三番目がジャマイカ、四番目がプエルト・リコである。

これらの島は、一四九〇年代、コロンブスの第一航海の時発見された島であり、この四つの島を含めカリブ海の多くの島は当初スペインが占領し、中米そして南米大陸進出への足掛かりとした。それを知った当時のヨーロッパ諸国はカリブ海に殺到し、イスパニョラ島の一部（現在のハイチ）はフランスが、ジャマイカはイギリスが奪い、その他多くの島をポルトガル、オランダその他の国に占領されていった。

十九世紀末、キューバが共和国として独立するまでの約四百年間、スペインは中南米航路の中継地として、また、当時世界第一の砂糖輸出国として、経済的に潤っていたこのキューバ島を最後まで守り抜いたと言われる。

十九世紀初頭、メキシコ、コロンビア、ヴェネズエラをはじめ中南米諸国を襲った独立戦争の波は、キューバには深く達しなかった。それは、当時のキューバは、農場主や企業家の大半がクレオールでなくスペイン本国人（ペニンスラール）であったためと言われる。クレオールとは植民地生まれのスペイン人を指すが、この他中南米に多いメスティソ（白人とインディオの混血）、あるいはムラート（白人と黒人の混血）がキューバには比較的少ない。中南米諸国に独立運動が起きた時、それらの国にいたスペイン本国人がキューバへ逃れてきたと言われている。そのため革命前のキューバは、白人系九十％を占め、黒人の比率の多い他のカリブ海諸国とは人種構成がまったく逆であった。革命後多くの白人は亡命し、また、カストロは白人と黒人の結婚を政策的に奨励した。それでもまだ白人系が多く、キューバ女の顔立ちが美しく豊かさをたたえているのはこのためである。

キューバには美しい砂浜が多い。中でも首都ハバナから百四十キロ離れたバラデロの海岸は特にすばらしい。遠浅で、透き通るように澄んだ水は、きらきらと輝き、春の水を想わせる。水底で小魚がすばやく泳ぐのさえ見える。じっと海の美しさに見とれていると、ヘミングウェイがこの島を愛し、海の物語を書いた気持ちがわかるような気がする。

このバラデロの海岸は、革命前はピチピチしたラテンアメリカ系の男女や、小麦色の肌を輝かせたアメリカ女が遊んでいた。いま、彼女らに代わり、ソ連、欧州圏から来たという内股の白い小太りした女たちが、ひっそりと寝そべっている。

革命後のキューバは、厳しい配給統制下にあり、政治的、社会的な自由は制限され、出国の自由すらない。しかし、ラジオ、テレビは連日のように「自由の国キューバ」と叫んでいる。この放送に心が浮き立ち、あるいは亜熱帯性海洋気候に血が騒ぐのか、男も女も恋愛の自由にハッスルしている。恋愛だけは国家統制することができないのか、それともそれだけが自由なのか……。革命後、離婚の自由を認め、その手続きを無料とした。そのためあまりにも離婚が多いので、最近は離婚手続きに百ペソ（約三万三千円）納めなければならない。

若いキューバ女に、お前は独身か既婚かと尋ねると、彼女らはきまって「私、ディボルシャーダよ」と言う。すなわち離婚者ということである。彼女らの結婚は、大体十六～十八歳で結婚し、十八～二十歳で離婚している者が多い。従って子供がいるのかと聞くと、彼女らの半数は「はい」と答える。「その子供は誰が面倒みているのか？」と尋ねると、この質問も妙な話だが、実際、夜遅くまで男と遊び回る彼女らを不思議に思い聞く訳だが、「おかあさんよ」と言い、「おかあさんが子供が好きなのよ」と、しゃあしゃあしたもので、何とも憎めない。社会主義体制となり物は不足し、女の楽しみであるドレスを買うこともできず、また、家を自由に建てる夢もなくなった中年の女たちは、自分の孫と遊ぶことに楽しみを見い出しているのか、街で子供たちと遊んでいる中年女が多い。

当時、キューバはアンゴラ、エチオピア、ニカラグァその他多くの国へ若い男たちを軍事要員や技術者として派遣した。大体勤務期間は二～三年で、月給は残された妻のもとへ支給される。しかし、その間は妻は離婚できない。男たちは安心して外国勤務できる訳だが、帰国すると大体離婚するケースが多いという。

スペインは、十五世紀末イサベル女王の治世、ヨーロッパの最強国となるや、海外進出を企て、コロンブスの西インド諸島発見を契機として、十六世紀初頭までに中米、メキシコ、そして南米大陸へとその勢力を拡大していった。

これら新大陸から金、銀、宝石等財宝や奴隷をスペイン本国へ運んだいわゆるガリオン船は、当時どのような航路を辿っていたのであろうか。書物を調べ、私の推測を加えると、スペインから船団を組んだガリオン船は、カナリア海流から北赤道海流（貿易風）に乗って西へ進み、船団のうち一部は南米大陸に沿い南下、一部はメキシコへ向かった。

ブラジル東岸に沿い南下した船団は、マゼラン海峡を迂回し、ペルーのカヤオで金銀財宝を満載、チリ、アルゼンティン沖を回ってパナマ地峡に集結、そこからカリブ海最大の要港ハバナへ向かった。ハバナにおいて、メキシコその他から財宝を運んできたもう一つの船団と合流、強力な船隊を編成、ハバナを出航、帰国の途につくのである。

しかし、この船団にはさまざまな危険が待ち受けていた。その一つは、ガリオン船団を狙う海賊船である。ガリオン船はガレー船やガリアス船を改造した航洋能力もある武装商船で、甲板を高くし海賊が容易に乗り移れないようにしてあった。また、船団には護衛用のガレイザブラス船が護衛していた。当時ヨーロッパ諸国はスペインが中南米から財宝を運んでいることを知り、それらの国々、中でもイギリス、オランダ、フランスは、これらの財宝輸送船を狙う戦闘艦隊をカリブ海に派遣し、船団を襲撃させた。

カリブ海の多くの島の入り江は海賊船の隠れ場となり、珊瑚礁は奪った財宝を取引する密輸船が集まった。キューバ本島の南に松島（現在青年の島と改名）がある。この島はスチブンソンの小説『宝島』のモデルとなった島と言われる。当時、イギリスはプロテスタントでカトリックの国々と反目していた。そのためエリザベス女王は財政に窮し、女王自身は持船が少ないので、貴族や民間の船に略奪行為を許可した私掠船をカリブ海に送り込んでいる。かの有名な海賊ドレークもその一人で、ドレークは女王や貴族の出資を得て、帆走能力があり、長射程のカルバリン砲を搭載した戦闘型ガリオン船を多数建造し、カリブ海ばかりでなくスペイン本国の港を襲い、多くの財宝船を奪取、エリザベス女王に献上した。彼は後にナイトの爵位を与えられ、イングランド艦隊の司令官となった男である。

ガリオン船には財宝や奴隷と共に金貨銀貨百万枚が積まれていたという。これら貨幣は、当時どこで鋳造されていたのであろうか。

私はボリヴィア在勤中、国際錫理事会一行に随行し、ボリヴィアのポトシ鉱山へ行ったことがある。首都ラパスからアンデスの広漠とした高原地帯を南東へ約五百キロ、塩の湖「ポーポ湖」の近く人口七万のポトシの町がある。標高四千メートル、ちょっと見た目には人口四〜五千の寂しい町である。今は訪れる人とてないこの町が、約四百年前南米大陸最大の都市であったとは誰が想像できようか。一五三五年、フランシスコ・ピサロによりインカ帝国が征服され、その後十年、ポトシ鉱山が発見された。ペルー副王の命令で全植民地から集められたミータ（労働者）は、その数十五万人。彼らは昼夜を違わず働かされたという。現在、ポトシの町には当時を思わせる古い建物が残されている。中でも大きいのは貨幣博物館である。古い城塞を思わせるこの建物は、中南米最大を誇るスペイン銀貨金貨鋳造工場であった。ここで製造された夥しい銀貨金貨は、インディオの背に担がせられ、標高四千メートルの峻険な高原地帯をラパスまで約五百キロ、ラパスからチチカカ湖を渡り、さらにリマまで約千二百キロ、皮袋を背負ったインディオの列が続いた。

現在航空機で約三時間のこの行程は、徒歩にして約二ヶ月、インディオたちは、空腹と寒さを凌ぐためコカの葉をしがみ、近くに万年雪の山々を眺めながら、黙々と銀貨金貨を運んだ。今でも機窓から赤茶けたアンデスの山々を見下すと、アイマラ、ケチュア族が荷物を背負いテクテク歩く姿が見られる。この習性は、当時から身についたものであろうか……。現在ポトシ鉱山は錫鉱山として操業を続けているが、その坑道の長さ約五千メートル、幾条にも掘り尽くされたその坑道は、当時のすさまじさを物語っている。

中南米から財宝を満載したガリオン船の危険は、海賊ばかりではなかった。夏から秋にかけカリブ海に発生するハリケーンもその一つである。ハリケーンにより船隊が散逸したり沈没した例は少なくない。カナリア海流から北赤道海流に変わる地点で発生するハリケーンは、ハイチ、ジャマイカおよびキューバの南岸を通り、西に進み、ユカタン半島に突入、そこからメキシコ湾岸に沿って北上、テキサス州沿岸を襲うコースである。丁度キューバの北岸にあるハバナはこのコースから少し外れた位置にある。

スペインが船団の中継地としてハバナを選んだのは、ハリケーンを避けるためばかりではなかった。当初スペインは、イスパニョラ島すなわち現在のドミニカ共和国サントドミンゴに中継地をつくった。当時、イスパニョラ島にはカリブ族その他（この名をとってカリブ海と呼ばれた）の勇壮な原住民が同島の山岳地帯に立て籠もり、しばしばサントドミンゴを襲った。

これに反し、キューバは平坦な土地が多く原住民を平定しやすく、また、ハバナはメキシコ湾流に乗って帰る航路にも面していた。

ガリオン船団にはさらに第三の大きな危険が待ち受けていた。ハバナに集結したガリオン船団の帰路は、フロリダ海峡とバハマ諸島の隘路を抜け、カヨ・ユエソを通過、メキシコ湾流に乗ってバミューダ西方を越え、北に進路をとりカロライナ海岸のハタラス岬へ向かい、ハタラス岬で船隊を整え一気に大西洋を東に横断、スペイン本国カディス港へ帰港するコースである。このコースは風向き、海流共に最良であったが、バミューダーマイアミーブエルトリコを結ぶ三角海域は、得体の知れない危険な海域であり、多くの船が消えてなくなる世にいうバミューダ・トライアングルである。

この地球上に磁石が真北を指す地域が二つある（北には磁北、真北、地図上の北の三つの北極点があり、大半の地域では磁北と真北の間に磁差がある。これを磁気偏差という）。

バミューダ・トライアングルは、この磁北と真北が一致する地点であった。他の一つは日本の南東、マリアナ諸島、明神礁の海域と言われている。この二つの海域では真北を指すばかりでなく、磁針が乱れ、方向がまったくわからなくなると言われる。一九四五年、フォートローダデール基地を飛び立った五機の米軍機は「何もかも狂っている。方角がまったくわからない。まるで白い海に入って行くようだ」との無線を残し、五機ともその消息を絶った。この海ではこの他多くの艦船や飛行機が消え去り、米国防総省も今もってその原因を解明していない（T・ジェフリイ著『バミューダに消える』角川文庫）。

無数の珊瑚礁からなるこの美しいバハマ海域には、時としてこのような魔の力が働く。ガリオン船団は、この三角海域をできるだけ避け、バハマ諸島の西側をフロリダ半島沿いに北上した。

記録によるとこの魔の海域で、十六世紀には財宝を満載した船が四十四隻、十七世紀には三十八隻が沈没、また、他の記録によると十五世紀以降二十世紀初頭まで約三百隻の船が遭難したとされている。

この魔の海域にまつわる伝説は多い。その一つを紹介しよう。

カメオに使われている貝は、キューバで採れる「サルドニカ」と、アフリカ、マダガスカルで採れる「コルニューラ」の二種類の巻き貝である。普通のカメオのブローチだと、サルドニカからは二十個、コルニョーラからは一個しかとれない。キューバの貝がいかに大きいかがわかる。白と肌色の層が綺麗に出るこのサルドニカは、ギリシャ神話などの女神を模したり、あるいは美しい女性の顔が刻まれると一段と美しく輝く。

伝説によると南米大陸の帰途ハバナに立ち寄る船乗りたちは、この美しい巻き貝を見、祖国で待つ女の肌を想い、胸に抱きしめて持ち帰ったという。そして、魔の海域を通過する間、神に祈り、想いを寄せた女の顔を彫ると無事海難を逃れたという。海賊やハリケーン、またバミューダ・トライアングルなど長く危険な航海に疲れ、不安の中に願いを込めて、愛する人の顔をサルドニカに刻む。また、充ちてくる男の躯が、このすべすべした肌色の貝を恋しく思い、自然と小刀が動いたのかも知れない。実際サルドニカは紅潮した人肌を想わせる貝である。

歴史は流れ、一九五九年一月一日バチスタの追放に成功したカストロは、民衆の熱狂的歓迎で迎えられた。農地改革、企業の国有化、共産党との協力、対米関係断絶、社会主義圏との関係強化の政策を断行。ミッションスクールを出たカストロは、革命当初共産党とは一線を画していたが、経済援助を米国から断られ、遂に一九六一年五月一日、キューバに社会主義革命を宣言した。多くの市民は未来にバラ色の社会主義国を描き、金持ち、経営者を追い出せば自分たちもそのような華美な生活ができると夢見た。

しかし、撃ち合いでは優秀なゲリラ戦士も、企業を経営し、貿易を行う能力までは持ち合わせていなかった。革命後国内経済は停滞し、物資は不足、野菜を買うにも炎天下二〜三時間行列しなければならず、灰色の生活を強いられた市民は、目と鼻の先にある米国へ逃げ出すことを考えた。

バスに乗ったまま某大使館に逃げ込んだとか、暗夜に乗じて小舟で脱出した、あるいは外国人と仮装結婚しメキシコへ出国したなど、いろいろな事件が発生している。

大量亡命事件については、前回キューバ勤務の項で詳しく書いているので省略することとし、キューバを語るとき忘れてはならないのは音楽の世界である。中でもミュージカルの舞台となったハバナは、スペインの情熱的な音楽とアフリカから連れて来られた黒人のアフロ音楽が融合し、強烈なキューバンミュージックをつくり出した。

マンボ、ルンバ、ハバネラ、チャチャチャ、ボレロ、コンガ、ダンソンの発祥の地となり「ラテンリズムの宝庫」と言われていた。その懐かしのキューバ名曲を列挙すると「シボネイ」「ババルー」「グアンタナメラ」「タブー」「マラゲーニャ」「キエレメ・ムーチョ」「キサス・キサス・キサス」「南京豆売り」「エル・マンボ」その他枚挙に苦労しない。

しかし、革命後旧ソ連の対米戦略基地となり、また、旧ソ連が中南米進出の足場として、キューバに対し法外な援助を与える代償として、アンゴラ、エチオピア等のアフリカ諸国へ出兵し、また、中米の革命勢力を支援する立場から、国内では社会主義国家建設が最優先となった時代、音楽どころではなかった。けれども、旧ソ連が崩壊し、援助の関係が断ち切られると、古き良き時代を思い出し、革命前の豊かな文化、音楽、風習を懐かしみ、国営テレビで盛んに放映されるようになった。また、ラテン・アメリカの音楽ファンは、この国に熱い眼差しを注ぎ、聞き耳を立てている人たちが多く、キューバを訪れる音楽ファンの数は年毎に増えている。

なお、余談であるが、NHKの朝の連続テレビ小説「おしん」は世界各国で放映され、好評を博したが、キューバでも放映を申し出たところ、私がキューバ離任後国営テレビで放映され、放映は毎夜八時から連続放映され極めて好評であったとのことである。劇映画では、カストロ議長は、勝新太郎主演の映画「座頭市」が大好きであった由である。

さて、日本人移住者とキューバの関係であるが、大正末期から昭和初期にかけ砂糖きび農場で働く契約移民として、または米国に移住するための前哨基地として、約一千百四十名の日本人がキューバに渡っている。また、その頃帝国海軍が親善訪問のため四回訪れている。しかし、その後の移民規制及び世界情勢の変化により、第二次大戦当時キューバに在留していた日本人（成人男性）は三百五十二名であった。うち三百五十名が米国の要請により強制収容された。一九四五年終戦により釈放され、再び農業や商業に従事、農場や商店の経営が軌道に乗りはじめたところで、一九五九年一月革命が起こり、所有地や商店は只同然の安い価格で政府に買収され、そのため約半数の人は帰国乃至近隣国へ転住を余儀なくされた。

残留した一世で当時生存中の人は四十六名、平均年齢八十五歳であった。年金を受け生活しているが、配給物資も少なく生活は苦しいようであった。ただ、どこの病院も無料で入院できるので余生をつつましく送っていた。二世、三世を含めた日系人は当時約七百名で、キューバ人と全く同じ取扱いを受け、子供たちは大学も無料で入学できた。苦しい中にもお互いに助け合い、一般キューバ人より少し豊かな生活をしていたのが、せめてもの慰めであった。

余談はこれくらいにして、キューバに中南米一大きい日本庭園を造った話を始めたい。旧ソ連がゴルバチョフの時代になり、共産主義路線を捨てキューパに対する援助を減少し始めたころ、ソ連に変わる援助国としてわが国に対し熱い眼差しを送っていた時期がある。その頃一九八九年一月昭和天皇が崩御され、カストロ議長は三日間の公式服喪令を布告し、官公庁の小さな建物や軍施設、道路にまで半旗を掲げさせた。丁度その日、約四万名のキューバ兵を派遣していたアンゴラから停戦協定第一陣として七百名がハバナの空港に帰還した。空港に掲げられた半旗を帰還兵が複雑な眼差しで見ていた光景を、今でも思い出す。

後日、カストロ議長が三日間にわたりキューバが喪に服したことについて、日本記者団の質問に次のように答えている。「昭和天皇は日本を廃墟の中から復興させ、アメリカを追い抜く大国にした偉大な元首であり、私は以前から深く尊敬していた。喪に服したのはわれわれの当然の義務と考えたからだ」と語った。

わが国の官公庁でさえ一日しか半旗を掲げていないのに、体制の違う遠い国が津々浦々まで半旗を三日間も掲げ、喪に服した事実は考えさせられる。

しかし、わが国は対米配慮からほんの数名の研修員受入れ以外は、経済技術協力を実施していない（当時）。わが国外交の方針としては、これまでキューバが旧ソ連の手先となりアフリカへ出兵し、また中南米の革命勢力を支援していたことを警戒している訳である。今キューバは、アフリカより撤退し、革命勢力に対する支援を中止した。しかし、キューバに対する警戒感はまだ失われていない。キューバは、今そのことを深く反省し、また、歴史に残された事実を事実として認識しているように思われる。

わが国のキューバに対する経済技術協力は、キューバが社会主義体制を変え自由な選挙を実施しない限り行うべきではないという考え方であるが、そのような国に対し現に経済協力を実施していることを思えば、やはり対米配慮から経済協力を実施できないのが実情と思われる。（平成二十八年三月オバマ大統領が現職大統領として八十八年ぶりにキューバを訪問、また日本の岸田外相、そして安倍首相が同年九月初めてキューバを訪問し医療機材の無償資金協力など合意した。今後の関係改善が期待される）

一般キューバ人の対日認識度は、アジアの遠い国、技術水準の高い工業国、サムライの国というイメージであり、日本の文化的背景、国民生活、歴史等についてそれほど知っている訳ではない。しかし一般に極めて好意的である。それは民間の功績であると思われる。わが国の体育協会、音楽団体、民間企業等が長年にわたり友好親善関係を続けてきた賜物であり、このような友好関係を今後とも維持するために何らかの施策を講ずることは、極めて重要なことである。

対米配慮から政府間ベースの援助協力が困難であるとすれば、政治的に問題とならない民間組織をできるだけ利用し、対日イメージを損なはないようにしなければならない。それは、今手を打っておくべきである。

キューバ駐剳《ちゅうさつ》川出亮大使は、日本キューバ友好のシンボルとして立派な日本庭園を造ることを計画され、建設資金は日本万博記念基金事業からの補助を得ることで話を進めていた。

その頃昭和六十三年十一月、私はグァテマラからキューバに転勤を命じられ、経済協力または文化事業で何か記念になる仕事をしたいと思っていた。同大使から日本庭園建設の担当になるように言われたとき、日本庭園を建設することが弾みになりキューバに対する経済協力を始めることになるかもしれない、という淡い期待感があった。万博基金より二千万円の補助を受け、建設設計は三井物産本社の庭（カルガモの庭として有名）その他多くの庭園を手掛けた（株）荒木造園設計事務所社長荒木芳邦氏が快く引き受けられた。

建設場所は、ハバナ市郊外のレーニン公園の隣、国立植物園東南アジア・オセアニア地区である。

同大使に随行し、建設予定地を見たときは、草が茫々と生え、中央部は水たまりとなっており、六ヘクタールの広大な敷地であった。

平成元年二月、荒木社長他二名の技師が本邦より来訪し本格的工事が始まった。まず滝や池に使う大きな石を探すことから始まった。滝といっても幅五十メートル、石を四段に積み上げる巨大な人工滝である。また、人工池の大きさは一ヘクタールあり、それらに使う形のよい石（岩）を集めるのは大変な作業であった。

日本庭園の独特な荘厳さは、その庭石にあると言われる。キューバ事情に詳しい内藤五郎氏（在キューバ日系人連絡会長）の案内で、キューバ全土を探し歩いた。トリニダの南、アンコン岬、レグナ・デ・ピエドラ、シエラ・デ・ヴィニャレス、ソロア、ハバナ市北方のヒバコア海岸等からトラックで運ばれてきた。ピエドラにあった暗黒色の大きな石は運ぶのに三日を要した。

アンコン岬の石は、海岸にあったものであり、黒色がかった大きなプリズマ型の石で、池の周囲に配置した。ラグナ・デ・ピエドラの石は石灰石で非常に硬く、犬の歯のように尖っており、原型のままあるいは一部を切り、滝石として使用した。ソロアの石は滝の側背に、ヴィニャレスの石は鑑賞台の敷石として利用された。

工事で一番困ったことは、建設資材の不足とブルトーザが計画通り配車されなかったことである。建設省に掛け合うとブルドーザが三台回されてくるが、うち二台は工事現場に着くと故障した。人造池の大きさが一ヘクタールと大きいので、池を掘るのは大変な工事で、池の底は当初コンクリートで固める計画であったが、丁度その頃植物園の近くに「EXPOキューバ」という常設産業展示場の工事が始まっていた。同展示場の工事は大規模なもので、カストロの命令で期限までに完成しなければならず、大量のセメントがその建設のために使用され、日本庭園建設のほうへまわす余裕はなかった。そのため池底は小石を敷きつめ固める方法がとられた。

日本庭園建設の責任者であるアンヘラ・レイバ植物園長（女性、大阪花博のナショナルデーに文化大臣に随行して訪日）は、政府上層部に陳情し、建設技術者や作業員の雇用、セメントや

**ハバナ市郊外国立植物園内に建設された日本庭園の一部**

工事用資材の調達、植木の準備等文字通り東奔西走した。建設資材の不足しているキューバでは工事に要する資材を集めることは大変な苦労であった。また、作業員が不足し工事が大幅に遅れたため、レイバ女史は、隣組組織を通じまた工科学校生徒に勤労奉仕を依頼し応援を得た。隣組のオバサンたちがトラックで連れて来られ勤労奉仕している光景は、戦時中の日本を思い出す光景であった。

広さにおいて中南米一大きい日本庭園を約八ヶ月で完成できたのは、荒木社長の適切な指導とレイバ国立植物園長の献身的な努力、そして多くの人々の勤労奉仕の賜物であった。また、内藤日系人連絡会長は八十三歳（当時）の御高齢にもかかわらず工事現場に赴き、荒木社長を援助して頂いた。

この日本庭園は、回遊式庭園の方法がとら

れ、人工池の大きさは三百平方メートル、池の周囲は千七百メートル、遊歩道が見えたり隠れたり、曲がりくねって巡らされている。これを「見え隠れ」の工法という。

この池の中心やや右寄り遠くに小山が眺望できる景観の良い場所に幅五十メートル（両脇の土盛りを入れると約六十メートル）の人工滝を造った。その滝の後方二キロメートル遠方にあるマナグア山からいかにも水が流れて来るようにつくられている。これを「借景」と呼ぶ。

滝は、三つの部分に分かれており、両側の二つの部分は緩やかな落差の段違いで平らな縁を幅広くとり、水が順々にキラキラと光りながら落ちてくるように作られた。また、滝の中央部は、床に三メートルの傾斜をつけ、配置された石の間を水しぶきを上げて流れるように考案されている。

滝の鑑賞は、池の中央に建設した「浮見堂」から、また遠く離れた二つの茶室、あるいはつる棚の下に作られた鑑賞用ベンチ、さらには小高い所にあるレストランから眺められる。

滝に使用する水は、離れたところから地下水を汲み上げ、鉄パイプで送水しているが、パイプの直径は五十センチの巨大なものである。物資不足の当国でこのようなパイプをよく使わせてくれたものと感謝している。また、池のなかに大きな噴水三つを設置し、美しい噴水を吹き上げている。現在、日本庭園は外国人用観光コースに含まれているため、ポンプを動かす電力は止められていない。この庭園を見学に訪れるキューバ人は、平日でも五百人以上、休日は約二千人にも上るといわれている。

また、池には荒木社長が御寄贈された緋鯉八十匹が、体長五十センチ前後（当時）に成長し訪れる人々を喜ばせている。

キューバ日本庭園の建設は、カストロ国家評議会議長をはじめキューバ政府首脳部に高く評価され、平成元年十月二十六日の竣工式には、カストロ議長をはじめ、ラファエル副議長、フェルナンデス教育大臣、クラベ建設大臣、テハス厚生大臣、メレンデス経済協力大臣、ロハス・ハバナ大学総長その他党中央委員多数が出席した。

竣工式の模様は、二十七日及び二十八日付グランマ紙第一面及び三面に写真入りで大々的に報じられ、また二十七日の国営テレビは午後九時から十時のゴールデンアワーで放映した。竣工式において四十分にわたり演説したカストロ議長は、その演説のなかで「この日本庭園は、日本・キューバ両国民の友好のシンボルとして永遠に残るであろう」と述べ、日本文化及び日本人の勤勉さを高く称賛し、我々の手本としなければならないと訴えている。カストロ議長の演説の要旨は次の通りである。

**ハバナ植物園の日本庭園竣工式でおちょこで日本酒を飲むカストロ議長**

「川出日本大使が、この国立植物園の中に日本庭園を建設するアイデイアを提起したとき、我々はこれを非常に嬉しく感じ、また大変興味をもった。私は当時日本庭園に関する簡単なメモを読んだとき、私はもちろんんだちに同意すると言った。「どのようなものなのか」「何をする必要があるのか」「期間はどの位か」等々を私から質問した。当時は、それは日本大使の素晴らしい好意から発した一つのアイディアに過ぎなかった。しかし、その後大使は本件の実施計画を全て引き受けてくれた。

同大使は、以前西独で総領事をしていたとき、優れた造園家である荒木芳邦氏と知りあった。同氏は権威ある優秀な造園家であるばかりではなく、素晴らしい人物であった。そのような人に設計を依頼したことは極めて良い選択であった。

この庭園を早期に建設するために、多くの人々が情熱をもって働いたことを私は知っている。建設労働者諸君、植物園職員、大学生、シエンフエゴス士官学校生徒、第二十五建設隊員、エチェヴェリア技術学校生徒、そして、最も大勢協力してくれたのは隣組の婦人方である。皆の奉仕によりこのような立派な日本庭園が建設されたのである。

建設のために、キューバの多くの場所から石が運ばれてきた。造園家はこれらの石を芸術的に石組みした。石組みは最も重要な作業の一つである。我々はその石がキューバのどこの県から運ばれてきたのかをここで見ることができる。ここで使われた木材は多くの国から運ばれてきたものである。特にアンゴラの木材が多い。もちろんキューバのものが一番多い。

この庭園には、日本の多くの伝統が取り入れられている。その一つは瞑想《めいそう》の原則である。人々が庭園内を遊歩しながら様々な形象と景色を見、心を休ませ瞑想にふけるように作られている。私も此処へ来てどれ程の問題を考えられるだろうか（笑い声）。我々にとってこの庭園は必要である。何故なら我々は解決しなければならない多くの問題を抱えているからである。

この庭園は日本文化の一部である。日本とアジアには西欧と同じ位か、ものによってはそれより優れた文化がある。アジアの文化は遥か昔に生まれ今日まで発展した。

私は、わが国労働者の勤勉性を比較するとき、いつも日本を手本としている。もちろん中国人、朝鮮人もよく働くが、日本国民の勤勉さと知性の豊かさが今日の日本をつくり上げた。今やキューバ人も日本人と同様に働く労働者集団をもつようになった。しかし、残念ながら我々は未だ日本人の勤勉さの平均値には程遠い。

我々が日本を称賛する理由は、勤労精神、文化、才能、哲学、倫理、経済発展の分野からである。資源が極めて少ない国であるにもかかわらず大きな発展をなし遂げた。日本の機械はキューバにも沢山あるが、その品質はすばらしい。

私は、この日本庭園が完成したことについて、日本大使、造園家、万博記念協会、日本花の会に深く感謝する。また、日本国民にも感謝しなければならない。なぜならこの日本庭園は日本国民の友好感情及び寛大さの表れとみるからである。

私は、日本・キューバ両国の友好万歳とは発声しない。なぜならその友好は既に確立しているからである。

終わりに当たり、私はこの庭園が益々花を咲かせ、緑豊かになり、祖国の首都がなお一層人間性豊かになることを確信し、この庭園が日本・キューバ両国民の友好のシンボルとして永遠に残ることを祈るものである」

日本人をこのように観察し、賞賛した外国元首は、それは政治的であったかも知れないが、他にはいないのではないか。カストロ前議長は、わが国を公式訪問したかった。しかし、日本政府は対米配慮から航空機の燃料補給の立ち寄りしか認めることはなかった。平成二十八年九月安倍首相がキューバを訪問し、前議長と会談したことは大変良かったと思う。その二ヶ月後、平成二十八年十一月二十五日カストロ前議長は逝去した。享年九十歳であった。

# 第五部

## 三十、昭和は遠くなりにけり

### (一)

新沼謙治の「俺の昭和は遠くなる」のやるせなく美しい声で唄う「〽色とりどりの夢を見て　色とりどりに輝やいた　やさしい時代があったねと　俺の昭和は遠くなる」の歌を感慨深く聞き、平成から令和へと御代替りの即位礼正殿の儀をテレビで拝見しながら、昭和はますます遠くなりにけりと、昭和の時代に思いを巡らせた。私のような昭和初期生れにとって激動の昭和は忘れることのできない時代でもあった。

わが国はさきの大戦で、米軍の非人道的な無差別爆撃により国土の大半が焦土と化し、戦いに大敗し、侵略国家として断罪され、占領中、その後も長い間わが国を擁護弁明することは許されず、戦前の日本が否定され断罪された時代が長く続いた。また、さきの大戦につき全国民が聖戦と信じ一丸となって戦ったことを語ることさえためらった時代でもある。しかしいま自由に語れる時代が訪れたように思う。ただ戦後七十余年あの時代を生きた多くの人はこの世を去った。いま振りかえって昭和の時代を想うと、正に夢のような激動の時代であった。

当時、小学校を始め学校での教育は皇国史観そのものであり、日本建国の歴史について、わが国は天照大御神の御孫の降臨（天孫降臨）に始まり、その天つ神の子孫である神武天皇が初代天皇に即位し、万世一系の天皇が統治し、今上陛下（昭和天皇）は百二十四代の天皇であらせられる、世界に類のない国であると教えられた。

**（二）**

戦前の日本は、日清戦争の勝利により台湾を、また日露戦争により樺太の領有および南満洲の権益を得、そして清の属国であった朝鮮を大韓帝国として独立させ、その後列国の賛同を得て条約により韓国を併合した。また第一次世界大戦後南洋諸島を領有、さらには五族協和の理想の国家として満洲国を建国するなど、統治地域が徐々に拡大していった。

それらの地域では共存共栄を願い、博愛衆に及ぼす使命感から、わが国の積極的投資により目覚ましい発展を遂げていた。そして、昭和十二年七月七日盧溝橋事件に端を発し支那事変（日中戦争）が勃発、近衛内閣の不拡大方針にも拘らず戦線は拡大し、中国の主要都市を日本軍が占領するに至った。

**（三）**

そのような情勢のなか学校教育は、日本国民として誇りをもって世のため人のため、国のために奉仕する人に育成する教育であった。そのため修身教育に重きがおかれ、勤勉で礼儀正しい人間、忠義と孝行を重んじ、公益と博愛に努め、人のために尽くす正しい人間に育成することを主眼として教育された。

そしてこの道徳教育の根拠となったのは、明治二十三年明治天皇により御下賜された「教育勅語」である。この勅語は万人が認める普遍的道徳規範が書かれており、古来から行われている日本人の道徳を整理し、まとめたものであった。この教育勅語は、祝祭日に校長先生が直立不動の全校生徒の前で恭しく奉読していた。またすべての小学校高学年生がこの勅語を暗記させられたものである。

**(四)**

支那事変が拡大し中国全土に広がり、大東亜戦争（太平洋戦争）に突入してから学校で特に教えられたことは、「八紘一宇」すなわち「世界は一つの家であり全世界を道義的に統一する」という意味であるが、この八紘一宇という言葉は、日本書紀の「橿原奠都の詔」の中に書かれており、神武天皇が橿原の宮で初代天皇として即位の礼を執り行った際に発せられた詔書で、日本建国の目的は世界の道義的統一にあり、世界は一つの家の家族であるという意味であった。この言葉は日本建国以来の国是として語られており、人類愛に基づき凡ゆる民族、凡ゆる国家は相扶け合い平和的共存を享有せしむると教えている。即ち欧米列強の四百年にわたる植民地支配からアジアを解放し、民族がそれぞれ独立を果たし、アジアが一つの家となり、家族となって扶け合うことが八紘一宇の精神であり、共存共栄のこの精神で大東亜共栄圏を建設するという目的が、大東亜戦争の大儀であると教えられた。二千六百年前の日本建国の大義と、大東亜戦争の目的大義が正に一致しているという訳である。

## (五)

開戦当初、日本軍は連戦連勝、昨日は香港、今日はシンガポール、明日はマニラというような勢いで勝ち進む日本軍に歓喜し、大東亜共栄圏の実現を夢見て、聖戦と信じ全国民が一丸となって戦った。しかし、物量を誇る連合国軍、特にアメリカ軍の徹底的な反撃により日本は決定的に大敗した。被害のあまりの大きさと敗戦のショックから日本人は戦争のことを語る気力さえ失っていた。

けれどもこの戦争の結果、その直後の独立闘争を経てアジアの国々はすべて独立することになった。インド、ビルマ、パキスタン、フィリピン、インドネシア、ベトナム、ラオス、カンボジア、マレーシア、その他太平洋の島国、そして韓国、北朝鮮、さらには中華人民共和国の建国の引き金ともなった。

イギリスの歴史学者アーノルド・トインビーは「第二次世界大戦において、日本人は日本のためというよりも、アジアの国々のために偉大なる歴史を残したといわねばならない」と記し、またフランスのドゴール大統領、タイのククリット元首相その他多くの著名人や歴史学者が同様の評価をしている。

## (六)

「あ、あの顔であの声で　手柄頼むと妻や子が　千切れる程に振った旗　遠い雲間にまた浮ぶ——」「あゝ堂々の輸送船　さらば祖国よ栄えあれ　遥かに拝む宮城の　空に誓ったこの決意——」の歌に送られ、多くの精鋭部隊が中国大陸や満洲、そして昭和十六年十二月八日大東亜戦争が勃発し、マレー半島、仏領印度支那（ベトナム他）、フィリピン、インドネシア、ビルマ、ニューギニア、南太平洋の島々など東南アジアの地域や南方戦線へ出征して行った。

欧米列強の植民地であるアジアを解放し、大東亜共栄圏の確立が目的であったが、戦線があまりにも拡大していた。当時の軍部の指導層は明治維新の大業を成し遂げた薩摩、長州が主力で、彼らの気性は激しく、進むことしか知らなかった。

いわゆる薩摩閥、長州閥の軍上層部の軍人たちである。私の生まれた東北地方の出身者がもし軍の指導部であったなら、これ程までに戦線を拡大し、悲惨な敗北で終わらなかったと思われる。

## (七)

アジアの国々が植民地支配から独立し、一つの家となり家族となって共存共栄の心で扶け合う八紘一宇の精神と、礼節と勤勉を重んじ、公益と博愛に努める教育勅語の教えに従い、アジアの独立解放のために多くの日本人が戦った。しかし物量を誇る欧米列強に大敗し、侵略国家と断罪され、多くの将兵が戦争犯罪者として処罰された。そして今なお尊い命を捧げた英霊を祀る神社に参拝することすら非難されている。

一方、日本軍の何十倍、何百倍と一般市民を無差別に大量虐殺し、明らかに戦時国際法違反の米軍や旧ソ連軍は何一つ裁かれていない。戦いに破れた者だけが断罪される。そして日本のマスコミも戦勝国のように自分の国を告発している。何とも遣り切れないものがある。

戦争に勝利すれば偉大な解放者と称えられ、敗北すれば戦争犯罪者として断罪される。歴史の評価は勝者によって決められる。敗者はそれに服従せざるを得ない。

それではアジアの人々はさきの大戦についてどう評価しているのだろうか。タイのククリット元首相は「日本のお陰でアジア諸国はすべて独立した。今日東南アジア諸国民が欧米諸国と対等に話ができるのは一体誰のお陰であるのか、それは身を殺して仁をなした、日本というお母さんがあったためである」と記している。その他同様の評価をしている著名外国人が多い。しかし、日本人の多くはそのようには思っていない。

何故そのように変化したのか。それは日本がさきの大戦に敗北し降伏後、連合国の軍事占領下におかれ、占領軍である連合国軍総司令部は占領目的の一つとして日本民族から誇り高い独立心を奪い、贖罪意識を植え付けることにより再び日本が軍事大国にならないための施策を講じた。

当時の日本人は教育勅語の教えに従い、八紘一宇の崇高な使命感からアジアの独立解放のために戦うことを生き甲斐とし、大東亜共栄圏の確立を信じ、聖戦と思い全国民が一丸となって戦った。敗戦後占領軍はこの思想を排除するため徹底的な洗脳工作を行い、侵略国家のイメージを日本人に植え付けた。帝国主義を容認した日本人の意識を改竄《かいざん》することが全人類のためであるとさえ一方的に断定した。

そして、明治、大正、昭和にわたり日本民族がアジアに築いた輝かしい歴史を否定し、破壊するための巧妙な計画が実施された。それは占領政策として当然考えられることであるが、あらゆる新聞、雑誌、ラジオ、学校教科書、著作物、個人の手紙など徹底的に検閲した。そのためにアメリカの著名な心理学者など三百七十名のスタッフが秘密作業に当り、日本人の左翼系学者など嘱託として採用された者五千七百名といわれている。

また、敗戦国民の懺悔の気持と、二度と再び戦争を望まない意識が、日本人の歴史認識を変えたことは確かである。

改めて昭和は遠くなりにけりと思う昨今である。

**高橋利巳（たかはし　としみ）**

昭和４年秋田県生まれ。明治大学法学部卒。

外務大臣官房文書課、陸上自衛隊幹部、外務省移住局企画課、神戸移住センター、外務省大阪連絡事務所、中南米移住局移住課、在ボリビア、在ウルグァイ、在グァテマラ、在キューバ日本大使館勤務。

著書に「戦後海外移住の一考察」（領事移住部）「カリブ海の夕陽と革命の嵐」（霞関会）など。

霞関会会員、新しい歴史教科書をつくる会会員、メディア報道研究センター会員。

# ある外交官の回想　激動の昭和に生きて
## 戦中・戦後の真実

平成三十年十月十七日　第一刷発行
令和二年六月十五日　第二刷発行

著　者　髙橋　利巳
発行人　荒岩　宏奨
発　行　展　転　社

〒101-0051 東京都千代田区神田神保町2-46-402
TEL　〇三（五三一四）九四七〇
FAX　〇三（五三一四）九四八〇
振替〇〇一四〇―六―七九九九二
印刷製本　中央精版印刷



ISBN978-4-88656-465-8